みんな友だち

TOUS MES AMIS

Marie NDiaye

マリー・ンディアイ

笠間直穂子＝訳

インスクリプト

INSCRIPT Inc.

目次

み　ん　な　友　だ　ち

少年たち
Les garçons

Ｅ・ブライとみずから名乗る女が隣の農家に姿を現したとき、その家族、ムール家の四人は、まだ食卓についていた。

ルネは四人が食べるのを見ていた。台所の暗くなった隅から見ていると、ムール家の父親と母親とふたりの息子たちの小さなすみれ色の口が、奥ゆかしくためらいながらようやく開いてはおのおのひとかけらの茄子を受け入れ、フォークのほうはそのかけらをなんとしてでも奥の奥まで押し込もうとするので、反抗的でかたくなで無理強いされた四つの唇からはフォークの持ち手だけがはみ出す、そうした口の主であるムール家のふた親とふたりの息子たちは、みな同時にその女のほうへ目を上げた。時おりルネは椅子に座ったまま少し腰をずらし、首を横に傾けて、テーブルの下でムール家の人びとの長い脚と全員そろって青い布　靴《エスパドリーユ》を履いた細い足先がゆらゆらと動くのを眺めていた。ムール家の人びとの合わせて八本の下肢が夢見るように波打ついっぽう、その上のほうでは抵抗しがちな口と、その口のもっとも奥深いところまで突き入ろうとするフォークとの戦いが繰り広げられているのだった。

唐突に、ムール家の人びとの灰色の目が、訪れた女のほうを向いた。ルネは座り直したが、だれも彼のことを気に留めていたわけではない。まさにそのおかげで、つまりだれも彼を気にする必要があると思っていないおかげで、昼食の最中でもこの台所にいられるのだとルネは知っていた。ルネは腹を空かせていたが、残りものを食べるよう勧められたことは一度もなかった。もしムール家のだれかが食事に相伴するよう誘うほどに自分のことを気にかけたとすれば、自分がこうして毎日のようにこの薄暗い片隅で椅子に座って体を揺らしながら、ぶどう色の小さな口が食べものを入れまいとする様子を観察することは許されなくなるだろうという気が彼にはした。ルネに気を留めていたとしたら、きっとびっくりしたように、急きたてるように言うはずだ。

「どうしたの、ルネ。おうちに帰りなさい！」

その時この自分、哀れなこのルネには、こう答えることができるだろうか、肉やその他のあらゆる食料に潜む悪辣な誘惑を拒んでみずからの純潔を守ろうとする四つの口が、自分と同類に思えるのだと。ムール家の人びとは自分たちの唇が無理にこじ開けられているのだということを知らず、なごやかに波打つ脚の側にムール家の意識が陣取っていることは、首を横へかしげるルネの目にだけわかることなのだった。ルネ自身はといえば、自分の体のすべて、心のすべてが、食べたいという欲望、それに負けてしまう弱さとそれがもたらす後悔に逆らって全力を傾けて戦っているということを知っている。この点にかけて、彼はムール家の人びとよりも多くのことを知っていた。

いまや女は、暑い中庭に面した扉が半開きになっていたのでノックすることはないと思ったと釈明していた。彼女がテーブルの上へ名刺をほうるとムール夫人は奪うように取り上げ、声に出して読み上げたので、夫人はそうしようと思ったわけでもそうなると気づいていたわけでもないままに、女がＥ・ブライという名前だとルネに伝えた。

「こんなに早くいらっしゃるとは思いもよりませんで」とムール夫人は言った。

「時間がないものですから」と女は言った。「仕事があるので戻らなくてはいけないのです。少々急いでいただけますか」

ムール家の息子でルネと同い歳のほう、ムール家のふたりの息子のうち若くて美しくて賢いほうが、きいっと鳴き声のようなものをあげた。皿に覆いかぶさるように顔を伏せると、頬に睫毛の影が差したが、その頬が突然激しく紅潮したのでルネはぎくりとした。気まずい空気が台所いっぱいに垂れ込めた。けれども件の女だけはその空気に呑まれてはおらず、彼女が気が立ってぴりぴりしているのをルネは感じとった。女は兄弟の片方からもう片方へと素早く目を移していた。若く美しいアントニーのほうへ、視線は止まった。

「こっちの子でしょう」と、やわらいだ口調になって彼女は言った。

「そうです、こっちです」とムール夫人は言った。「聞こえたでしょ。立って、鞄を取ってきなさい」

アントニーはぐずぐずと椅子をうしろへ引き、だれの顔も見ずに立ち上がり、その間も顔の下半分にはやはり黒々とした濃い睫毛が青みがかった影を落としていて、いっぽう女はその服従ぶりに満足しつつ室内のあちこちになんとなく注意を向けるのだが、ムール家の古びて狭い台所は、しつらえも見た目もいつか改善しようと一家が二十年も前から心に決めながら、結局そのための金を工面することがついにできずじまいだったものなので、E・ブライの目には、黄ばんだ家具や、茶色にくすんだ小物や、見るも哀れながらなんとか持ちこたえている器具類が積み上げられていると映るはずだ、とルネは判断した。

アントニーは台所を出るときにものすごく体が震えていた、とルネは思った。ムールの父親は動かない、この男は巻き毛で、見た目は若い。空になった自分の皿をじっと見つめて、荒い息をついている。

女は、小さめのサイズのパンツとアメリカのバスケットボールチームのマークのついたタンクトップをぴったりと身にまとったアントニー・ムールの華奢なシルエットを手早く、しかし鋭く観察し、彼がぎこちなく慌てふためきながら布靴を引きずって出ていくのも見ていた、彼女は、とルネは心臓が激しく打つのを感じながら考えた、恐怖にも困惑にも左右されることなくアントニー・ムールから立ちのぼる優雅さ、気だるいしなやかさ、肉づきよく金色に光ってわななく剥き出しの腕を目に留めた、そして満足に打ち震えたのだ、とルネは考える、いやほっとしたのかもしれない（兄のほうを渡されることを彼女は怖れたのだろうか）。ついで彼女はムール家の一人ひとりに冷たいまなざしを投げかけ、さらにルネのほうを見た、とはいえ彼はあまりに黒ずんだ壁と一体をなし、部屋の奥の荒んだ薄闇に紛れていたので、彼女は彼の存在に気づかなかった。

と思うと彼女は歩き出す、せかせかした歩き方だ。早く終わらせたいとじりじりする彼女は、開いた扉の前へ来るたびに白く灼けつく中庭をちらちらと見やる、まるで澄んだ空気ないし熱く輝かしい解放への思いにいったん身を浸してからでなくては、臭気と動揺が立ちこめるムール家の台所にふたたび飛び込むことはできないとでもいうように、でなければ、とルネは考える、暗い日陰のタイルを踏んでいた足が陽に照りつけられたタイルへと移動したとたんに、逃げてしまおうかという思いが兆すとでもいうように。彼女はヒールのないサンダルで歩き回り、遠慮もせず何度も腕時計に目をやる。ルネは中庭の向こうに縦長の自動車の輪郭を見分けた。

「急ぎなさい！」とムール夫人はいらだたしげな大声を出した。

彼女はアントニーが消えていった部屋に向かって呼びかけた。恥をかかされているというように、彼女は痩せた顔を真っ赤にしてそわそわと立ち上がってはまた腰を下ろす。微動だにせず非難と屈辱の混じった沈黙を守るムール家の父親のせいで、彼女は落ち着きを失っている。しどろもどろになりながら、彼女はアントニーの兄のほうに、弟を呼んでくるよう言いつけた。そしてふたりいっしょに戻ってきたとき、醜い兄はあたかもアントニーが後ずさるのを阻むかのように弟のうしろにつけて、薄ら笑いらしきものを浮かべていた、声を立てず、顔をゆがめて――アントニーと同じようなほっそりと力強い四肢、腰をゆすってゆったりと歩く足どり、古びて垢じみたアメリカのチャンピオンチームのスポーツウェア、履き古しの布靴、腰のうんと低いところまでずらしたきつめのズボン、ところが顔の造作に関してはアントニーの正反対、ほとんど敵と言ってよいほどなのだ、ぼんやりとして、澱んだ、鈍重な顔、まるでアントニーの完璧にすっきりした顔だちのパロディを試みたところが、その顔だちをみじめで不愉快なものにすることしかできなかったかのような。

兄はアントニーを女のところまで連れていった。アントニーの足許に鞄を置くと、控えめながら警戒を怠らない歩哨のように、いくらか離れた位置に立った。

かわいそうに、とルネはうろたえて思った。というのも、いかにも比較しやすいかたちで対立する姿かたちを有した兄弟がこうして隣同士に並ぶと、アントニーのほうがうまくできていたから選ばれたのだということがあまりに身も蓋もなく晒け出され、そのためもう片方の、劣った品物のほうには、取り返しのつかない深甚な不名誉がもたらされるように思われたのだ。商品的価値に見放された彼は、やや卑しく必要性の低い務めにつく運命にある無用な存在に見える、弟を女の前へ連れていくこと、鞄の面倒を見ること、弟を監視すること。そのすべてに、進んで権力の前に出ていっては権力に気に入られようとし、だが相手には自分のことなど目に入ってもいないことを知っている者のもつ陰湿な媚びがこもっている。

「いいわね。では行きましょう」とE・ブライは軽やかに言った。

そしてムール夫人にだけ、明瞭ながらも小さな声で、

「支払い方法については、手紙で連絡します」

兄は賛意を示すようにくくっと笑った。ムール夫人は返事に詰まって瞼を伏せた。だが激しい嫉妬がルネを捉え、責め苛んでいた。アントニーの立場がうらやむようなものでも誉められるようなものでもないことを自分に言い聞かせようとして、ル

ネはムール家の父親を見つめた、わが家に生じたかくも恥ずべき出来事に、彼は嫌悪のあまり石のように固まっていたのだ、しかしそれがなんだというのだ、とルネは考える、自分ではないのだから、いま灼熱の中庭へ踏み出し、ムール家のみすぼらしい台所に永遠の、とルネは感じていた、永遠の別れを告げるのはこの自分、このルネではなく、美しきアントニーなのだから、その彼のすぐうしろには町からやってきたE・ブライと名乗る女、ムール夫人と同年代ながらもより若く見える女がぴったりとついて歩き、中庭に立つ埃のなか、おそらく彼の黒い首すじややわらかそうな肩をじっと見つめては、待ちきれない思いをこめた生暖かい息でアントニーの首のあたりを包んでいるのだ。

「行っちゃったわ」とムール夫人は戸口から離れながら、ぼそっと言った。

「えらく歳くってたよな」と兄は言った。

そうして声の抑揚をぐっと上げることで、彼は顰蹙《ひんしゅく》なり憤慨なりを示そうとしたが失敗に終わった、なぜならルネの感じたところでは、かかる全体のなにが顰蹙すべきことなのか彼にはわかっていなかったからだ。

「だからどうなの」とムール夫人は言った。「それでなにが変わるっていうのよ」

口も開かず、目も上げずに、ムールの父親は宣言した。

「今後あいつのことは話すな。おれの家であいつの名前を口にするな。あいつは死んだ。消えたんだ。もうあいつがだれだか知らない、どこに葬られたかも知らない、敬いもしない」


その日の夜、ルネは母親に言った。

「ムールさんの家では町の女の人にアントニーを売ったよ」

「いくらで？」

「それは言ってなかった」

「よかったわね。彼は向こうでのほうが幸せになれるでしょうね」

うらやましさと悔しさで体を掻きむしりたいような気持ちは、直射日光の照りつける街道沿いを歩いて帰ってきた疲れのおかげで少しやわらいでいたのだが、それが先ほどよりさらに強烈な痒みのように、ルネの体と心のあらゆる部位に広がった。母親のほうを見た彼は理解した、口に出さず怒りをこめて投げかけた自分の問い

（それならぼくにもそういう女の人を見つけてくれたらいいのに）に対し、母がやはり同じように、不幸と諦念に満ち現実をよくわきまえる目をして、嘲るように軽く首を振りながら応えているのを（息子よ、おまえのなにが売れるというの）。彼は思わず叫んだ、

「だって、ぼくは若いよ」

確かに若さは、若さだけはもっている、だがいったい美しさも金も才能も伴わない若さ、ルネの母親のものでない無限のとうもろこし畑が戸口すれすれまでぎっしりと迫るトタン屋根のあばら屋のなかで骸骨のように痩せさらばえた若さ、だれの目に留まることもない若さとは、もっとも悲惨で孤独な老いの姿に等しくはないだろうか。ルネはそう考えたことがあったし、絶え間なくそのことを考えつづけていた。彼の若さはまったく理論上のものでしかない。なんの価値も重みももっていないし、自分がそこから引き出せる利益などなにもない。魅力に欠けるムール家の一員であるアントニーの兄のほうでさえ、暴力的で優しさのないその体が少なくとも若さによって輝いていることは否定しようがない。ルネの体は重みがなく、痩せ細り、ねじ曲がっている。

母の手が、彼の目の前に、見たくないものをテーブルの向こうから押してよこす。「食べなさい。これ好きでしょ」――くたびれ、諦めきった、どことなく興味を欠いたような口調。

彼はゆっくりと椅子を引いて立った。目が眩んで膝ががくんと折れた。そこでパンをひと切れつかみ、まるごと口の中へ押し込むと家を出た、苦痛に苛まれ打ちひしがれ、やっとの思いで咀嚼しながら。ああ、ああもう。扉の前で三輪車の残骸にぶつかり、プラスチックの食器の破片と、洗濯ばさみと、錆びて土埃にまみれた鉄くずを踏みつぶした。

涼しい夜がようやくそこまできていた。空はまだ明るかったが、ルネよりも背の高いとうもろこし畑の影はもう家を呑み込んで、昆虫なのか、得体の知れない虫けらなのか、きしるような音を立てる紫色の闇の中に溶かしている。ルネは、目に見えない小動物たちの放つきしむような音や鋭くかぼそい鳴き声に混じって、トタン屋根から伝わる暑さにぐったりしながら安らぎを得ることもなく全員揃って屋根裏で眠っている弟たちや妹たちの苦しげな息の音やしゃくり上げるようないびきを聞きとることができたし、至るところを蚊にさされた小さな体が、滑稽なほどいくつも、マットレスのほうぼうに投げ出されているのを想像することもできた。

ルネはいましがた呑み込んだパンのことを考えていた。片足ずつ飛び跳ねては、頬の裏側から舌でえぐり出した細かい食べかすを、とうもろこし畑の薄闇のなかへ吐き出す。自分自身に対する憎しみの入り混じった怒りのせいで、家に戻ることも、眠りにつくこともできない。彼はあまりに無能で、あまりに臆病だった。もしも先ほど、迷いのないきっぱりした動作でテーブルを離れることができたなら、自分の両足はいつものように、この骨のわずかな重みを支えることもできただろうし、この手がパンに向かって伸びるのを阻止することだって簡単にできただろう。なのに……。ああもうああもう。母親を慰めるためか。いじきたないせいか。パンは指のあいだに文字どおり飛び込んできたじゃないか。そのひと口を思うと腹のなかがねじれかえる。みずからの卑怯さに自分の体がふくれ上がり、闇の中でとてつもなく巨大になっている気がする。慰められるような境遇の母親だとでもいうのか、受け入れてしかるべき食欲だとでもいうのか。どんな理由も、どんな言い訳も許されは……。ルネはこぶしを握りしめ、自分の額を、耳を、強く打った。

人目をはばかるような足音が、ルネたちとその人物の家へと向かう小径のほうから聞こえた――その人物の、というのは、とうもろこし畑の所有者に借りたこのボロ屋は実際その人物の、その人と自分たちの共有する家になっていたのだった、上で暑さにうめく小さな生きものたちのうちのだれかの父親だとして、時おり、だがそれにしてはあまりに頻繁にやってくる意気のあがらない連中のひとりがやってくるたびに、垢じみたポロシャツを着て爪の真っ黄色になった足にビニール製のビーチサンダルをつっかけた男たちのひとりが思い立ってやってくるたびにそうなるのだ、その男たちはどういう慣例なり形式なり守るべき礼儀なり礼節なりを尊重するためなのか知らないが、一様にびくつきながらルネの母親に会いにやってきては、ときに数日、ときには数か月にわたって滞在するのだった。「はい。どなたですか」と大声を上げたルネは、不意にこみ上げるいらだちのおかげで、自分自身のことやパンのかけらの記憶をいったん忘れた。

その声はかすかに震えていた。なぜなら、完全な暗闇となった細道に向かって何十回となく投げかけたこの同じ質問に対して、ある時、男がこう答えたからだ。「おまえの父親だ」――落ち着きはらい、冷ややかに、客観的にそう言い、それからほかの男たちとまったく同じように膝のところで裁ち切ったカーキ色の古びたズボンにぼろ同然のTシャツを着て現れたのだった。

狼狽のあまり動けなくなったルネを一瞥するや、男の目が漠然と示していた興味はすぐさま消え失せた。

そのためにルネは、小径で枝がぽきりと折れる音を聞くと、自分の父が現れるのではないかと怖れずにはいられなかった、父は嘲笑的で無関心で、ルネに対しておぼえた侮蔑の情をほとんど隠そうともしないのだ、少なくとも今そこに見いだすルネの姿に対しては。


彼はあいかわらずムール家の中庭をうろついた。

毎朝、まだ学校へ通っている弟たちや妹たちをバス停まで送り、街道ととうもろこし畑のあいだに帯状に伸びる細長い草地に置いてくると、すでに熱くなって乾いてきている道路をそのまま先のほうへ早足で歩いていく、すると間もなくバスに追いつかれるが、その窓の向こうには弟妹たちの、色のさえない、目と目の寄った小さな顔がガラスに貼りついてひしゃげており、できの悪いそれらの顔に向かって彼は強いて明るい調子で手を振りながら、ぼくに似ている、と思い、憐れみと恨みを感じる、というのもあれだけ男親が多種多様なのに毎回毎回同じような、魅力も体力も能力もない子どもばかり生まれるのはいったいどういうわけなのだろうか。これにはなにか……なにかある……。茶番？　不正？　それとも……。

彼は立ち止まってひと休みする。ぼうっとして眩暈がする。ようやくムール家の敷地内の広い中庭にたどり着くころには、疲れ切ってひいひいと肩で息をついている。時としてムール夫人が彼を見かけてちょっとした手伝いを頼むと、彼は長いあいだ居つづけるためにのろのろと作業して、自分がまだわからずにいることをなんとか理解しようとする。中庭の隅で鎖につながれた四匹の犬の餌入れにドッグフードを入れたり、遠方のスーパーマーケットで買い出した一週間分の食料の箱を年季の入った自動車のトランクから台所へと運んでいったりしながらも、全身全霊で細心の注意を払って、なんらかの変化、なんらかの変容を告げる印をどれほどわずかでも見逃すまいと……なんらかの……どんな？　どうなっているのだろう、美しきアントニーが去ったあとのムール家は。後悔と混乱の石がひとたび沈み入り忘れ去られた後の静かな水面には、なにがあるのだろうか。かつてない静けさを湛えたこの水面に。

ムール夫人は敷居で彼を待っていた、腕を組み、うわの空で、優しげに。目を細めて彼のことを執拗に見つめている。セミロングの髪の毛を耳のうしろにかけ、埃が舞うのも気にせずに布靴の足先で地面をぱたぱたと叩いていた。

間もなく、彼はムール夫人を手伝って一台のコンピュータを運び、台所の隅のテーブルに据えた。そして次の日、彼が家に入ると、アントニーがそこに、画面上にいた、背景には空と、林立するガラスの高層建築、それらの建物の合間にルネはE・ブライと名乗った女のにこやかな顔を見分けたように思ったのだが、その手前にいるアントニーはあまりに美しく、あまりに光り輝いていて、ルネは思わず一瞬うっと唸った。

「ほらね」とムール夫人は勝ち誇った。「ね、ね！」

ルネにいったいこんなことが予想できただろうか。こんなことが。目も眩むほどの光と繁栄と真新しい恍惚に星のようにきらめくアントニーのまなざしが、背後の青空さえ星座のごとく輝かせるなどということが。女の顔もまた、アントニーの麗しさを浴びて光っていた。

「あの子は私たちにお金を送ってくれたのよ」とムール夫人は言った。「もうずいぶんくれたの。それでコンピュータとインターネットが入って、あの子がここにいるのとちっとも変わらないみたい。そうでしょ」

「うん、ほんと」とルネは言った。

実際、疑いの余地なく、アントニーはかつてなかったほど、確かにそこにいるように思われた。ムール夫人は奇妙に手慣れた手つきで画面上に次から次へとアントニーの顔を映し出した、それらの顔は彼が栄冠へと、勝利へと至るそれぞれの段階に対応しており、撮影場所もそれぞれ異なっていたが、場所がちがうというよりも雰囲気がちがうのだとルネには感じられた、というのも自分には、ルネには、このようなアメリカの大都市やフィレンツェのヴィラやパリのレストランが本物だとはとても信じられないからなのだが、それらを背景にアントニーのさまざまに魅惑的な顔がくっきりと浮かび上がり、中世の彩色挿画《ミニアチュール》にも似た、素朴と言ってもいいほどの光沢を放っている、どれも彼、アントニー・ムールなのだ、しかし画像ごとにしだいに光輝に満ち、しだいに自信にあふれてくる——そう、確かにどれも彼なのだが、終わりのほうまでくるとあまりに修整されてしまっていて、彼だと認めるのがルネにはためらわれた。アントニーの口と顎と鼻のあたりが少し作り変えられているような気がした。けれどもおそらく自分の見まちがいだろう。なぜならムール夫人はまったく驚くこともなく、喜びにすっかり目を細めているのだから。

「きれいな子ね、ほんとにきれいな子——そうでしょ」

「うん、ほんと」とルネは悲痛な気持ちで言った。

彼女は画像の続きを前よりもスピードを上げて次つぎと出していったが、そのなかにアントニーが全裸でいる写真が何枚か、ついでアントニーと、これも全裸のE・ブライのふたりが、真っ白な部屋のなかにいるものが何枚か現れた。ルネは胸の真ん中に一撃をくらったような気がした。うろたえた目でムール夫人を見た。だが、熱心に画面に見入っている彼女は、耳のうしろの、髪の毛がきちんと留まっているあたりを撫でただけだった。下唇が少しだけ内側に引っ込んでいる——せめて当惑くらいは感じているのだろうか、とルネは自問した。それとも、下手に判断を下さず慎重に待っているのだろうか。解明すべき要素をすべて揃え、それから弁解に取りかかるつもりなのだろうか、このことについて……。ルネは感情を排した声で、アントニーはどうなったのかと彼女に尋ねた。

「彼に間違いないと思いますか」

「あの子だとわからないの?」と彼女は眉を弓なりに吊り上げ、信じられないような、ばかにするような顔をした。

　それから彼女はもう一度、アントニーの裸体を証し立てる驚異の画像をおそろしい速さで表示していった。彼のかたわらで、E・ブライは黒ずんで寸詰まりに見える。肌は鑞のようで、髪は羊毛のようだ。彼女のほうが少し無理をするように口を閉じたまま微笑しているのに対し、アントニーはあらゆる機会を捉えて、ルネの記憶にあるよりもきれいに並んだ真っ白い歯を見せびらかそうとしているように思われた。

「ルネはうちのアントニーがわからないそうよ」とムール夫人は寛容な口ぶりで、ちょうど入ってきたアントニーの兄のほうへ振り向いて言った。

　ムール家の兄はおもしろがって、くぐもった笑い声を立てた。気のない目つきで画面を一瞥すると、ルネの背中をひとつ叩いた。そこでムール夫人がコンピュータを消し、説明するところによると、いまにもムール家の父親が帰ってくるはずで、彼にこれを見せては絶対に……

「どういうわけか知らないけれど、あの人にはこれが我慢ならないらしいの」とムール夫人は言った。

彼女はふふっとそっけなく笑った。いったいこれのどこがそんなに恐ろしいのかしらとルネに尋ねた。ルネは全身を激しく震わせていた。答えることはできなかった。ムール夫人は首を振り、気分を害したような表情になった。

「これでようやくこの境遇から抜け出せるというのに、主人はやり方がまずいと言ってけちをつけるんだわ。アントニーはもてる子で、あの子を欲しいという人がいて、あの子が親の収入を助けてくれる、当たり前のことじゃない。当たり前でしょ。あなただって女の人について行くでしょ、どんな女の人にだってついて行くでしょ、ルネ、お母さんを貧乏から救ってあげるためなら」

「手伝ってください」とルネはつぶやいた。

「手伝う？」

「ぼくもアントニーと同じで売り物なの。ぼくを買いたい人を見つけてください。お願いします」

ムール夫人は体を反らすと、腕を組んだ。じっと考え込みながらルネを眺め回している。新品のぴったりしたズボンを履いた長い両脚が、椅子の片側からもう片側へと、ゆっくり揺れている。
「ルネ、それはなかなか難しいでしょうね」と彼女は言った。「でも、やってみるわ」

ルネが家へ帰ろうとムール家の農場から出た時、興奮していたためにもう少しで気づかず通り過ぎるところだったのだが、ムール家の父親が納屋と軽トラックのあいだを行ったり来たりしながら、揺るぎのない決然とした足どりでいろいろな道具やら袋やらを運んでいるのが目に留まり、ゴム長靴を履いて大きな帽子をかぶったその姿を見ると、うれしい期待に胸ふくらませるルネの目には、いまにもこのムールのおじさんがひらりと愛馬に飛び乗り、終わりなき冒険に向かって駆け出していきそうに思われた。

ルネは笑い出した。ムール家の人たちが大好きだ、四人とも好きだ、アントニーのお兄さんだって、もしもいなかったらアントニーの優美さもあれほど際だたないのだから——ムールさんたち、大好きだ、大好きだな、と彼は何度も繰り返した。

いい家族だなあ。

　自分の家族も、その夜は、もうすぐ彼らと離れることになるのだとわかった以上、ムール家と同じほど愛情に値するようにルネには感じられた。すると、構われることもなく雑然とうごめいている子どもたちの一群も、腐敗と憂鬱と無気力を湛える母親の存在も、そしてさらには、自分に、自分にのみ呑みこまれねばならない食物がこちらへ投げつけてくる暴力的な命令（バターでぎとぎとに光る麺の載った皿などはテーブルの隅から彼に向かって本当にどなり散らしてくる）、それさえも彼を傷つけることはなく、なにものも彼を打ちのめすことも怒らせることもできないのだった。時おり不意に、黄金色に日に灼けた裸のアントニーが狂ったような喜びに歯を見せ（矯正した歯？）、両脚を大きく開いてしっかりと男らしく立ちながら、唇（シリコンでふくらませた唇？）と鼻（削ぎ落として細くした？）のあたりに人差し指を立てて、まるで見せ物となった自分の秘密は教えないよといたずらっぽく確かめるかのようにしている姿が頭をよぎり、そうすると彼は動揺して、あれが本当にアントニー・ムールだったのか、自分の体にもさまざまな修整を施せばあのような新しい人生がある日自分の、ルネのものになることがあるのだろうかと考えた、なにもかもうまくいくのだろうか、たとえば自分を買ってくれる人は……。E・ブライではないのだろうけれど……。でも、彼女がふたりの少年をそばに置きたいということもあるかもしれない、そうすれば……。そうなったらなにをすればいいのだろう。ルネは頭が少しくらくらしてきた。彼女に仕えるため、引き立てるため、苦しみをやわらげるため、心の底から愛するため？

「ぼくにはなんだってできる」と、不安の混じったうぬぼれと、まだ確かなものではない喜びに胸を締めつけられて、ルネはつぶやいた。

彼はずっと前から、自分はわが身を捧げることができると知っていた。受けとるという人さえいれば、この自分、ルネと名づけられた無色の少年を欲しいという人さえいれば、自分を捨て去ってだれの意志だろうと優先させることができる。買われるのでも、ただで拾われるのでも変わらない。自分を差し出すという点では、自分にとって同じことだから。でも……。

去年の夏、あの辛い夜に、二列のとうもろこしのあいだをうわついた足どりで進んできて、おまえの父親だと言葉少なに教えた男の冷たいまなざしのうちに、自分が見たものはなんだったか。敵意よりもむごいもの、取り返しのきかない失望にほかならなかったではないか。ついで、冷徹な追放の身ぶり、すなわち風采があがらないと言って差し支えないのはルネの目にもあきらかなその未知の人物の態度のすべてに現れた傲然たる「近寄るな」という表情が、その時、この期待はずれのつまらない少年、ルネたったひとりに向けて作りあげられたではないか。その夜が来るまではルネにはまだ、自信をもって自分を売り込みさえすれば、もらってもらえるような気がしていた――けれども見てももらえないとしたら、ここにこうして新たに陳列されて摘まれるのを待っているということをどうすれば伝えられるというのだろう。見てももらえないとしたら。

　ルネは国道に沿って歩き、家具店や自動車販売店の駐車場を突っ切り、線路をまたぎ、壁にさまざまな文字が殴り書きされた廃駅を横切った、飛び跳ねるような早足で。巡礼の地である小さな町の十字架の道行の出発点に到着すると、彼は汗ばんだ顔をぬぐってから登りはじめ、第一留《りゅう》で立ち止まって膝をつき、自分でもよくわからない文句を唱えた。そこにはすでにひとりの女がいて、ルネは自分の場所を取るために軽く彼女を押しのけた。

「あら、なによ」彼女はぶつぶつと言った。

彼女はちらりとルネを見た。それから慌てて立ち上がると、道行の第二留を目指して苦労しながら足を速めて丘を登っていった。彼女が裸足だと見てとると、彼は自分の古靴を脱いで両のポケットに片方ずつ詰め込んだ。あやふやに彼は両手を合わせた。

「ぼくが買われますように、買われますように、買われますように」

とねりこの大樹の死んだように動かない葉叢を陽光がつらぬき、レース細工のように点々と紙屑が散らかって道の上へ落ちているところに、ルネは用心深く足を降ろした。立ち上がると、土踏まずに伝わる埃っぽいアスファルトの冷たさ、そしてこの信仰の地がひなびて閑散として、静まりかえっていることに驚いた。買われますよう、買われますよう、と、崩れかけたコンクリートの像がおのおの小さな祭壇のなかから、こだまを返すように歌っている。ぼくが買われますように、かなえられた暁には必ず……

「選びはしません」とルネは熱い思いを込めてささやいた。「いちばん最初にぼくを欲しいといった人についていきます」

これほど大それた願いごとをする自分が、苦痛を受けずにいて許されるはずがあろうか。彼は地面の少しでも尖って見えるところをわざと踏みつけながら急坂を登っていった。頂きに着くとまたあの裸足の女がいて、怯えたような警戒するような目で彼を見たが、ひざまずく彼女の足許から上へと伸びる階段のいちばん先にあるのは、弟子たちに囲まれたアントニー・ムールの厳めしく金色に光る巨大な鋳像だった。

ルネは女のそばに倒れ込んだ、息が切れ、足が痛んだが、それよりたったいま見たものに圧倒されて、まばゆさにほとんどなにも見えなくなったのだ。なんとか勇気を振り絞ってふたたび目を上げようとした時、その身ぶりはゆっくりと、恐怖に満ちていた。そこには……。豪華絢爛なアントニー・ムールが、慈愛のまなざしで彼を見つめている。やはり裸だが、例によって細い腰にゆるく布きれを巻きつけている。ルネはすぐに目を伏せた。頭蓋骨の内側で、引き裂くように強烈な光線が火花となってはじけた。恥じるような思いに彼の顔は真っ赤になった。アントニー・ムールが自分を見ている、なんのために自分が無邪気にもひとりでここまでやってきたのかということを、いま信心女が脚を広げて階段に座り、息をついたりなにかぶつぶつ言ったりしながら手提げから引っぱり出した靴に大足を収めようと苦労している隣に自分がなぜいるのかということを、彼は知っている――アントニー・ムールはすべてを見とおすのだ、求められるのになんら祈りを必要としなかった彼は。アントニー・ムールは、もしかすると語り出すかもしれない、優しくからかうかもしれない、憐れんでくれるかもしれない。あるいはもしかしたら教えてくれるのかもしれない、自分の願いが、希望がどうなるのか……。もう一度だけ勇気を出して見上げてみれば、弟子たちのなかに、金色に塗られたルネの顔を認めることができるのではないか。愚かで醜く、しかし断固として忠実なルネ自身の顔を。

ムール家の農場に到着する前から、彼はすでに変化を感じた、あたりを取り巻く生ぬるい空気がまるで興奮に打ち震えているようだったのだ。白い大きな中庭はがらんどうだった――鶏たちも、犬たちもおらず、ただどこかの内装会社の名称と事業を記したトラックだけ。アントニーの兄が扉のそばに、壁にもたれて立っている。通りがかるルネの腕をつかんだ手には、中央にごく小さな時計をあしらった指輪がふたつ嵌められている。

「おやじが消えた」と彼は静かに言った。

どのようなものなのかも、どのような理由によるものなのかもわからないながら、ある脅威の念がその声に込められているのを聞きとった気がしたルネは、答えなかった。身を固くして、彼は透明になった。

「いなくなる前に、家畜を残らずぶっ殺していった」と兄は続けた。

「犬も？」

「残らずって言っただろう。納屋でやっていったんだ。始末してくれ」

ルネが動かないのを見ると、陰険な顔つきで、自信たっぷりにつけ加えた。

「おふくろが、そうしてほしいって言ってる。ルネがやればいいわって言ったんだ」

貪欲な唇を舐めると、ひひっと笑ったが、そこにいくばくかの苦悩が入り混じっているとルネは思って、気が晴れた。そして死の静寂が重く垂れ込める荒れはてた庭、彼が先ほどまでそうと気づかず、むしろわくわくするような待機の姿勢で新しい事実を待ち構えていると勘違いしていたその庭をふたたび横切っていくあいだじゅう、ルネはアントニーの兄の視線がじっと追ってきて背中をくすぐるのを感じると同時に、その兄が自分でそうとは気づかないまま、得体の知れない陰鬱な不幸のなかに浸かっているのを、気詰まりな思いで察知していた。どうしてだろう。なんの意味があるのだろう。ルネだったら、自分だったら、アントニー・ムールの兄でありムール夫人の息子であることに熱烈な喜びをおぼえてやまないはずではないか。ルネの母親がいかに晴れがましい瞬間（再婚した時、金が入った時）であろうと決して見せることができないほどの自意識と自尊心を、頬にかかった髪の毛を払うだけのしぐさに込めることができてしまうムール夫人の息子だということに。

ルネは納屋に向かって歩きながら、アントニーの兄に対する軽蔑に身をわななかせていた。男などだれだろうと同じだ、自分はそのことを知っている。ムールの父親に値する者がほかにいないなどとだれが考えるだろう。男がひとりどこかへ行けば、別の似たようなやつが収まるだけ、それによって母親の人格が影響を被るようなことなどないのだ。

彼はほとんど午後いっぱいかかって、ムールの父親が自慢してはばからなかった、そして一匹につき銃弾一発できれいに殺していった大きな力強い四匹の犬を納屋の裏に埋めた。喉を掻き切られた雌鳥たちはごみ袋に詰め込んで、家に持ち帰ることにした。

ようやく、おそるおそる台所に入った時、ムール家における自分の地位が微妙な変化をとげたような気分をいだいた。ありえない想像さえ頭をよぎった、つまりアントニーが送ってくるお金で、ムール夫人はルネを買う可能性も考えに入れていないとはかぎらない、なぜなら……。このあたりに、ほかにそういう男の子は……。だが、もしこの地方の少年が全員売りに出されるとしたら、いったいルネになにができるだろう。もだえ苦しみながら、彼はそろそろとコンピュータ用の小さなテーブルに近づいた、画面に向かって腰かけたムール夫人は剝き出しの両脚を組んでテーブルの横へ出し、赤いベロアの部屋履きが爪先でゆらゆらと揺れている。台所は混乱をきわめていた。短パン一丁の職人ふたりが流しを分解している最中で、三人目が古いタイルを叩き割っている。壁を磨いている四人目の職人を見るなり、ルネは素早く目を逸らした、というのもその男が確かに自分の父のように思えたのだ。

ルネはムール夫人の肩に軽く触れた。

「あら、ルネ……。ずいぶん汚れたのね」と、疲れ切った口調で彼女はつぶやいた。

彼はうろたえた、気づいていなかったのだ。両手が鶏と犬の血で赤く染まっていた。ムール夫人のほうは、頬の色がまだらになり、肌が荒れ、目は悲しみに沈んでいる。コンピュータの画面には、驚くほど鮮やかな緑色をした草地のなかをアントニーが駆けていくところが動画で映し出されている。あいかわらず、すらりとしなやかな裸身で、絶え間なくほほえみながら、跳ねるような無垢な足どりで、尽きることなく後から後へと現れる蛍光色めいた緑の空間を大股に飛び越えていく。ルネはちらりとうしろを見やった。いまや父が、なにげないふうを装いながら、画面を見ていた。突如として怒りがルネを捉えた。

「どうしたんですか」と彼は小声で聞いた。

「あのね……行っちゃったのよ……主人が」

ムール夫人の唇はわなわなと震えた。

「アントニーのお金、うちには欲しくないし、自分がもらうのも絶対にごめんだと言って」

「悲しがることないじゃないか」とルネは激怒に駆られて言った。「だって、ほんとに、悲しがることなんかないよ」

「ルネ、あなたになにがわかるの」と、しばらく間をおいてからムール夫人は言った。

彼女はアントニーの画像を静止すると、拡大して、気がふれるほどの幸福に抱きすくめられて身体と顔をゆがめている彼の姿をより詳細に映し出し、ついでコンピュータから顔を逸らした。心をなぐさめ、驚愕させる、アントニーの裸体と愉悦を画面に表示したまま。

ルネは、父がもはや隠し立てもせず画面のほうを見ていることを認めた。そこで彼の激怒はふっと消えた。彼は自分を空しく、不毛な、どうでもいいものに感じた。父が自分を見分けもしなければ、目に留めもしなかったことがわかったので、父に背を向けて顔を隠そうとするのをやめた。

「ルネ、あなたを欲しいという人が見つかったわ」とムール夫人は言った。

彼女の部屋履きが床に落ちた。ルネはそれを拾ってムール夫人の足に履かせたが、その時、彼のうしろで、だれかがあざ笑った。

そしてルネは、二日後、幹線道路のわきで待っている。古びた小さな旅行鞄を草の上に置いて、埃の舞う街道の線が伸びていった先の白と金色に光る遠いところを必死に見つめているが、この早朝に通り過ぎる者はまだだれもいない。あたり一面、おそろしく背の高いとうもろこしの群れが、さわさわと優しく鳴っている。ルネはとうもろこしに応え、合図を返すようにうふふと楽しげに小さく笑う。自分に白羽の矢が立ったこと、選り出され採り上げられたことを知った母のうれしそうな驚きと言ったら――けれどもいっぽうでは大いに落胆したにちがいない、ルネを売ることに成功したのはムール夫人であって、ルネ自身の母親ではなかったのだから。

待ち焦がれるあまり汗が出てきた。胸のところがちくちくする、アントニーのすべすべの肌を真似ようと毛を丹念に剃ったのだ。そのとき鏡は彼に言った……言ったようなものだ……おまえは……になれると……。本当だろうか。

ルネは、たったひとりで体をほてらせた。うん、ほんとだよ、こんなに醜くない子になれる、こんなに痩せ細っていない子になれる、こんなに……

ほんの小さな点のように地平線上に現れた自動車が、だんだん大きくなってきた。忽然と車は到着し、ルネの目の前に止まった、E・ブライがアントニー・ムールを迎えにきたときの車よりもさらに豪華な車だ。

ルネは後部トランクを開けると、自分の見苦しい旅行鞄をさっさと投げ込んだ。助手席に乗り込んだ。車が音も立てずに発進した時、彼はようやく勇気を出して、ハンドルを握っている人物を見た。

そして恐怖の叫びが口許までのぼり、彼は上下の唇を思いきり強く閉じた。口からはうめき声だけが洩れ、そのひとすじの声には、怯えと、諦めと、あふれ出さんばかりの後悔があった。

クロード・フランソワの死
La mort de Claude François

彼女はその時、動揺を、興奮を隠そうとして、慌てた口調になってしまった。

「なにもないわ」

「なにも見つからないの?」

「ぜんぜん、なにも」と言う彼女は、少し震えていた。

「なにかあるはずなんだけど」

そしてマルレーヌ・ヴァドールに似た女、いやマルレーヌ・ヴァドールである女——彼女自身、そうだと言ったのだから——は、ややそっけなく皮肉を込めてつけ加えた。

「なにかあるんだから、見つかるはずでしょ、ザカ先生」

「診てるけどなにもないわ、ということは、なんでもないってことよ」

彼女はすぐさま、詳しく検査しなければならないようなことが何もなくてよかったと思ったが、それというのもつい先ほど、きちんと確かめもしないまま、なんでもないと言い切ってしまっていたからだった、それほど彼女にとっては、三十年も経ったいまになってマルレーヌ・ヴァドールに再会し、その剝き出しの背中を検診しているということが、信じがたい、ほとんど恐るべきことに思われたのだ。

頰がほてって汗ばんでくるのを感じながら、彼女は用心深く尋ねた。

「なにがあったの」

「息子に突きとばされて、なにかに……なんだったかな……食器棚の角だったかしら。わざとじゃないのよ、もちろん」

「そりゃそうよね」と返した。

「あなたはなにも知らないじゃないの」とマルレーヌ・ヴァドールは言った。「だって、私のことなのよ、だからあなたに言ってるんじゃない。あのアパートおぼえてる？　あんなに狭くて。背の高いがっしりした若い男だと、自分で気づかなくても毎日のように母親にぶつかっちゃうのよ、ちょっと体を動かしたり、ひと休みしたり、上着を着たりするだけでも」

「そうね。背の高い若い男だと」

「時が経つのは早いわね」と、夢見るように満ち足りた声音でマルレーヌ・ヴァドールは言った。

首をかしげ、あいかわらず豊かな濃い色の髪を頭の上で押さえていた手をおろすと、髪はブラジャーのサテンのように光るストラップを隠し、なめらかで艶のない背中へとすべり落ちたが、マルレーヌ・ヴァドールは立ち上がらなかった。

ザカ先生は片手で自分の胸のあたりをとんとんと叩いた。

自分の、ザカの心臓が猛烈な勢いで打っていることをヴァドールに勘づかれてしまうだろうか。

ある種の不可思議な現象を理解したり感じとったりする能力にマルレーヌが長けていることについては、かつてふたりのあいだでいつも意見が一致していた。ヴァドールのほうが一歳年上だった。彼女の両親は離婚していた。母親は夜になると彼女をひとり置いて、無邪気に舞い上がってあとのことも気にかけず遊びに行ってしまい、夜もすっかり更けてから騒々しく帰宅する上に、時には人を連れていたりもするのだが、そうやって母が帰ってくると、そこにはマルレーヌが、狭苦しい台所で落ち着きはらってなにもせずに待っており、そんな十歳のマルレーヌ・ヴァドールは母親にほほえみかけると、ハイヒールを脱がせてやり、バッグを取ってやり、きれいな顔に施された化粧を手際よく落としてやってから寝床に横たえると、そっと姿を消すのだった。

だが、今日はマルレーヌ・ヴァドールのほうがザカに肌を見せてザカの意見を聞こうとしている、なんとなく優越感まじりの態度を見せながらではあるけれど。つけているブラジャーは赤く、小さな黒い矢印のかたちをした刺繍がいくつもあしらわれている。

私を誘惑するためにこれをつけてきたのかしら、とザカは自問した。

患者用の椅子に腰かけたマルレーヌがじっとしているのを見おろしながら、ザカは親指を彼女の腰や背骨のあちこちに押しつけた。マルレーヌ・ヴァドールの体の肉はしなやかで、締まりがあって、余分な脂肪はいささかもなく、細い骨のまるみが伝わってくる。ザカはためらいがちに手で髪の毛を横へどけると、背中の上のほうを触診した。マルレーヌ・ヴァドールの背すじにそって震えが走り、髪はきらきらと輝き静電気を帯びてザカの手のまわりをふわふわと漂った。じっとりしてしまって精確さを欠く自分の手が、自分のものではなくなってしまったと認めて、ザカは気が滅入った。

ヴァドールは急に立ち上がると、それまで膝に載せていたTシャツを一気に着込んだ。

「今日はこれでおしまい」と、待ちきれないようにヴァドールは言った。

その合間にザカ先生は、赤いレースの下にあるマルレーヌの胸の色がやけに青白く、片方の胸に小さなまんまるい傷あとが点々とついているのを見てとった。

ヴァドールの知らないことがひとつある、と彼女は思った。ふたりは三十年ばかりのあいだ顔も合わせず、それぞれの送ってきた人生もお互いにまるで知らない。けれどもひとつだけ、とザカは心のなかで繰り返した、ヴァドールの知らないことで、本当に奇蹟のようなすごいことがあるのだ。

ザカは目を細めた。頬の裏側を噛んで、なにも口にすまいとした。それから、脚がふらふらしてきたので、さっきまでヴァドールが座っていた椅子に用心しながら腰をおろした。

「それじゃ、ずっとあそこに住んでるの」とザカは尋ねた。

「私は出ていかないって約束したでしょ。出ていかなかったわよ」

マルレーヌ・ヴァドールは厳しい目をしてザカを見おろした。

「あなただって約束したじゃない。おぼえてる？」

「約束ってだれに？」

ザカにはよくわかっていた。消え入るような声になってしまった。ヴァドールは嘲るように冷たくふふっと笑い、ザカは真っ赤になると同時にどぎまぎしながら考えた。このひとは、わざわざここまでやって来たんだわ。

「わかってるでしょ」とマルレーヌはきわめて穏やかに言った。

彼女のTシャツに描かれた狼のような犬の頭がちょうどザカの顔の位置に来ていて、マルレーヌ・ヴァドールの低い声が犬の口から出てくるようにザカには思われたが、その犬の目はあまりに黒くて、マルレーヌの目と同様、のっぺりとして見えた。

マルレーヌはぴったりした赤いパンツにピンヒールのサンダルを履き、フレームにラメの入った眼鏡をつけている。華麗であったものは色あせ、みずみずしかったものはもうはるか以前に崩れ落ちてしまった、それでもヴァドールがいまだに静かな確信をもってその華麗さとみずみずしさを信じているがために、それらの生み出す効果自体はそのまま持続している、そんな印象をザカは彼女から受けとった――いつでも崇められ人目を引いてきたのだから、美しいかどうか、魅力があるかどうか、そんなことはもはや問題にならないのよ、そうヴァドールの落ち着きは語っていた。彼女は美しいだろうか。それはそうよ、とザカは考え、体中を震わせた、そうでなくちゃいけないもの。そうよ、美しいわ、と考える彼女の上にヴァドールのやや無表情なまなざしが注がれていたが、その瞳は大きく、白目にはほんのわずかな余地しかない。

ザカは息を吸い、それから吐いた。

「私、びっくりするようなことを……」

けれどもヴァドールが口を挟んだ、今度は目上の人に対するようなおずおずとした声音で。

「あなた、学校ではそんなに成績はよくなかったのに、お医者さんになってしまうなんて。がんばったんでしょうね」

「ええ」とザカは言い、マルレーヌに気兼ねした。

で、あなたはどうしているの、と訊くべきところなのはわかっていた。けれどヴァドールがなにをしているかなどということにはまったく興味がないし、そんな話題を振ったところで、得るものはやるせなく悲しい、辛い気持ちだけという気がする。

マルレーヌ・ヴァドールはバッグと小さな赤いブルゾンを手に取った。それから、とザカは心につぶやいた、彼女は優雅に軽やかに、行ってしまったらしい、というのもザカが、あるきらめきの記憶、あるまぶしい記憶を思い出してしまわないようにと、ほんの少しのあいだ目を覆っていた、その手をのけた時、彼女はもう診察室にはいなかったから。


ザカ先生はうだるように暑い街路へと降り立った。

額に汗が流れ出すと、彼女は、こんなふうに動きの止まった息づまる夏を前にも過ごしたことを思い出して心がざわめいたが、その夏のある日、母親のうなじと、加えて芝生の上に集まっていた主婦たちのうなじが、突如としてひとつ残らず恐怖と絶望の汗にまみれるのを見たのだった。

そしていま、ザカ先生は、あのじっとりと湿った熱気を首に感じながら、学校の方角に向かって歩道を急いでいた。

あの時は本当にいらいらした、と彼女は考えた、くだらないにもほどがある、ひとりの男が死んだからといって、あんなに汗を流したり悲嘆にくれたり、あの芝生にいた女たちのだれひとりとしてあの男とは知り合いでもなんでもない、なのに彼女たちが心から慕い求めてきたのは、何人もいる子どもたちでもなく、その子どもたちを産ませた夫でもなく、その死を知っても夫たちの目が潤むようなことなどなかったあの男で、だれも知らないその人は、輝いていて、まぶしくて、どこまでもフランス人らしく、瞳はどこまでも青く、髪はどこまでも金色だった。ひとりの男が死に、ザカの母親は二度と立ち直らなかった。母親はあの男のことなら何から何まで知っていて、男のほうは彼女の存在さえ知りもしないのに、彼女のほうはその男のエキスによって、愛したい、という自分のなかの激しい欲求を、たっぷりと、無心に、満たしていた。あれほどの栄光、あれほど優美に操られるフランス語の磁力に対して、生彩を欠いた言葉しかもたないザカの父親やほかの数多の父親たちになにができたというのだろう。

母親は二度と癒えることがなかった。もしも、とザカは考える、もしも快癒の可能性が垣間見えたとしたら、怒り狂って自分からそれを潰しにかかったにちがいない。主婦たちはひとりとして苦しみから逃れようとしなかった。悲しみを打ち捨ててしまったら、あとになにも残らなくなってしまうではないか。

ザカ先生は学校の柵門の前で立ち止まった。あまりの暑さに視界のなかで学校がゆらゆらと揺れている。娘の父親が門に向かってゆっくりと近寄ってくるのが目に入ったが、汗をだらだらと流しているその顔はむくみ、ズボンは突き出た腹に押しやられて腰のやけに低い位置までずり下がっていた。ふたりの視線が交わると、男は動揺した。侮蔑の情が噴き出してザカの唇は引きつった。目を細めて冷たい視線を送りながら、だめ、と首を横に振った。

今週子どもを学校へ迎えにいくのは、彼の番ではなかった。彼はそれを知っていたし、彼が知っていることは彼女の目にも充分見てとれた。彼を蔑む感情が高まるあまり、自分の目が急に見えなくなったような、もしくは建物も、柵も、垂れた下瞼に隈ができている昔の夫も、すべてが怒りの竜巻に絡めとられてどこかへ行ってしまったような気がした。自分に、ザカに、会えるのではないかと思って彼は来たのだ、そもそも子どものことなど彼にはどうでもよく、彼のほうが子どもを預かる番になっても相手のしかたもわからないのだから。

ふたたびザカの目に入った時、彼は巨大で青ざめて見えた。

未練がましく遠ざかりながら、彼はザカのほうをちらちらと見やっては、その一瞥に深い、決定的な意味合いを込めようとしていたが、実際は憐れみを乞うているようにしか見えない、と彼女は考え、彼がいまだにそこにいて、娘を身ごもるために自分がなにをせねばならなかったかを忘れさせまいとしていることに身の縮まる思いがした。

彼女は一頭の白い象と交わったのだが、鷹揚ながらも頭の悪いこの獣は、どうしても彼女を自分の同類だと信じて疑おうとしない。

ザカ先生は甲高い笑い声をあげた。人びとが振り返って彼女を見た。ハンカチを取り出すと、短く切ってもたっぷりとした金髪に白いものの混じる頭を拭き、汗だくの首すじを拭いた。

見られてもかまわない、どうせだれも、大儀そうに向こうへ去っていくあの太ったいじましい男と、ぴんと背すじをはって若々しく生き生きとした自分とのあいだに、まさか親密な関係があったことなど知らないのだし、自分がいまだにあの動物、あのしつこい象のどろどろした愛情の対象になっていることも知りはしないのだから。

見られてもかまわない。思わず、犬の吠えかかるような鋭い笑い声をもう一度立ててしまった。自分が熱に浮かされていて意地が悪いようにも感じたけれど、同時にだれよりも強くなったような、なにを前にしようと嘲弄し突っぱねることで自分を守ってくれるケースのようなものに全身がぴったりと収まっているような気がして、このケースから彼女を引っぱり出すことは、今日この午後にかぎっては、あのヴァドールにだってできないだろう。自分はヴァドールの節操の堅さをよく知っているし、どうして彼女の前に出ると自分の卑怯さ、自分の弱点を意識してしまうのかも知っている。

それはクロード・フランソワの死に関わっている。けれど非常識な話だ。

ザカ先生はゆっくりと首を振った。

非常識な話。

それでもマルレーヌ・ヴァドールはかつてふたりのいた郊外、芝生のすり切れたあの場所からパリの中心街まで、仮病を口実にわざわざやってきた、こちらの約束違反を責め立てるために——それとも、全然そういうわけではなかったのだろうか。いずれにせよマルレーヌは、彼女がザカについていくら非難しようと、じつは要求される以上の報いをザカがすでに受けているのだということをまだ知らないのだった。

でもそれなら、クロード・フランソワの死は？

ザカの体は少し震えている。体を包んでいる金属のケースも同時に震える。

ヴァドールは当時ほんの子どもだったのに、いつか癒える時がくるというような考えを激しく斥けてやまない女たちの群れに加わって、クロード・フランソワの死が自分の、マルレーヌの全人生を揺るがせる震源地となるのだと、まだ十二歳くらいだったのに、きっぱりと決めてしまった。そして、とザカは思い出す、あの小さな団地《シテ》では、じつに多くの女たちが永遠の服喪という約束を守り抜いたのだ、時の流れにも、あの人よりかっこいい新人歌手たちの出現にも惑わされることなく。

彼女たちはアパートのわきで、汗をたらたらと流しながら石のようにじっとしていた。訃報は、だれだったか近所の女性宅の窓の開いたところから届いた。女たちのひとりがうめき声をあげた――ザカの母親？　ヴァドールの母親？

ヴァドールの母親は約束を守りはしなかった。

それから全員が泣き出し、叫び出した――そんなの嘘だわ……

その時マルレーヌが気を失ったのは本当のことだったか、それとも自分が、ザカが、いまここで、ぐにゃぐにゃに溶け出したアスファルトから昇る熱気のなか、学校の正門の前で、そういう話をでっちあげようとしているのだろうか。

確かに間違いなく、マルレーヌは気を失った。

ザカは、あふれてきた涙で目がちりちりするのを感じた。

母親たちは悲しみにひたり、子どもたちは呆然として嫉妬まじりの不安に落ち込んでいった。

ひとりだけ、頭がからっぽだったせいで、ヴァドールのかわいい母親はまもなく別の歌手に惚れ込んだ。でもザカの母やザカやマルレーヌはそういうことはしなかった、いやマルレーヌは言ってみればほかのだれよりも、そんなことからは遠かった。彼女はクロード・フランソワの魂がやすらかに眠れるようにと毎日欠かさず祈りを捧げるようになったのだ。

ザカはそっと、両のこぶしでとんとんと瞼を叩いた。

母親たちはなかなか芝生を離れてそれぞれのアパートへ帰ろうとしなかった。頭が真っ白になったような虚ろな面持ちで、干からびた草を踏みしだきながらいつまでもそこにいる彼女たちは、孤独、消沈、そしてなにが起こったのかわからないという思いをあまりに強く発していたので、子どもたちは怯えてそわそわし、その地面の黄ばんだ一画を離れて遠まきにするように歩道に座ったまま、サンダルやボロ靴をつっかけた足が墓だか死体だかを踏みにじりながら、かなわぬ愛のジーグでも踊るような足どりを見せるのを唖然とした目で追っていたが、青白くて細くてぽつぽつとしみの浮いたくるぶしの主である母たちは、まだ若く、けれど見分けがつかないほど劇的に変わってしまっていた。ザカは、クロード・フランソワの死によって、団地《シテ》が出口のない憂鬱に覆いつくされたのを思い出した。

不意に、女の子が目の前にいた。ザカは思わず声をはり上げた。

「ポーラ！」

それから、優しく咎める声で、

「どこから出てきたの。あらまあ、ポーラったらもう」

子どもは答えなかった。ザカの背中ごしになにかを目で追いながら、そのなにかのせいで口が変にゆがんで、無理に笑おうとするような半端なかたちになっている。汗がうっすらと額に光っている。ザカはゆっくりとうしろを振り返った、充分に気をつけて動きをコントロールしないと、冷静な態度を保つための見えないケースにぶつかってしまうから。ポーラの父親が、自分の背後のそう遠くないところにじっとしているのが見えた。怒りにわれを忘れて、彼女は叫んだ。

「早く行きなさいよ。どこかへ行って。なんの用なのよ」

「しっ、ママ。大丈夫、行っちゃったわ、パパったら。そんな大声で言うことないでしょ」

「あのばかみたいな象のせいで大げさになっちゃうのよ。好きでやっているわけではないのよ、本当よ」

意識せずに、彼女はまだ大声をあげていた。急に黙った。つけている腕時計が金属のケースにカチッと当たるのを聞いたが、それが彼女以外のだれにも聞こえない音だということも知っていた。

「みんなの前でパパを象扱いすることないでしょ」

ポーラの歯の隙間からひゅうひゅうと空気が洩れている。そこでザカは、指を伸ばして子どもの顎をもち上げ、すると娘は彼女の目の前に、マルレーヌ・ヴァドールそのもののかわいらしい顔を向けた。

「あなたのこと大好きよ」とザカは大声を上げた、魅了され、誇りにあふれ、目を疑うような思いで。

稲妻のような激痛が後頭部をつらぬいた。彼女は歩道に倒れた、ゆらりと、ではなく、一直線にばたりと、堅苦しい鎧にしっかりと覆われたまま。


ザカ先生と娘のポーラは見知らぬ路線のバスに乗った。終点で降りると、そこはふたりで行ったパリ郊外のうちでもっとも遠いところだった。ポーラは窓際に座るのをいやがった。そしてザカが自分自身の子どものころと比べて様子の変わった場所についてあれこれと楽しそうに教えても、娘のポーラは真っ赤な唇を無表情のままちょっと引き締めるようにして（化粧もしていないのに、口紅を塗りたくったヴァドールと同じくらい赤い唇、とザカは機械的に頭のなかで繰り返した）、母親のほうも見なければ外の景色にも一瞥たりとくれずに、お行儀よくうなずくだけだった。

道路に降り立ってからも、娘はあいかわらず人をはねつけるような冷たい空気を身にまとっていた。

ザカは子どもが怖がっているのだろうかと自問した。それとも、母であるザカ自身と同じように、自分の入っている保護ケースに指の爪やベルトのバックルが当たってカチッと鳴ってしまわないか気にしながら歩いているのだろうか。

ザカはいっしょに出かけるにあたってどんな服装をすればよいか子どもに指図した。彼女は少女をまじまじと見つめると、あらためて驚き、うれしくなった。ポーラは、マルレーヌが普段しているのと同じはずの恰好をしていた。ジャストサイズのTシャツには、目を細めないとちかちかしてくるほど小さなショッキングピンクのさそりが数え切れないくらいプリントしてあり、ジーンズはうんと明るい色で体にぴったり合ったもの、そこへ貝のモチーフのついたベルトを締めている。足にはクリーム色の生地を使ったヒールの高い夏用のブーツ、これはふたりで遠い郊外へお出かけするのに合わせてザカが特別に買ったものだった。

ポーラはやはり、自分の着せたこんな服を着るにはまだ早いような気がした。

それはそうよ、わかっている。

ザカはやや不自然な微笑をそっと浮かべて思った、自分がいつも娘にこんな服を着せて学校や音楽のレッスンに行かせているなどとはだれにも言わせない。たまたまこの子の父親ということになったあの不愉快な男でさえ、ぎゅうぎゅうに予定の詰まったポーラの小さな社会生活がひかえめな色調にたっぷりしたクラシックな裁断の上に成り立っているということ、そして母と娘がふたりそろって洗練された、目立たない、真のブルジョワ女性だということを否定できはしないだろう。ポーラのもつ美しさ、それが本来どういうタイプのものなのかを普段のザカは表に出さないようにしているのだった。

とはいえマルレーヌ・ヴァドールが自分たちと同じ趣味、同じ習慣をもっていないのは、こちらのせいではないはずだ。

ポーラの長い黒髪が、細い背中に沿ってゆるやかになびいている。

「どこに行くの？」と彼女は小声で尋ねた。

「友だちに会いに行くのよ」

ザカは努めて明るくふるまおうとした――ポーラはいったいなにを怖がっているのだろう、母が子ども時代を過ごしたその場所なのに。なぜ娘は怖がるのだろう、マルレーヌ・ヴァドールそっくりの顔だちなのに。

「こんなところに友だちがいるの？」

「いちばんの親友よ、三十年も会っていなかったけれど。どうしてここに友だちが、特別の仲よしがいちゃいけないっておっしゃるの？」

ポーラの頬の細かい神経がぴりっと震えるのが見えた。今日のこの子は、なんて青ざめて、なんて緊張しているのかしら。ザカは自分の期待している感動の瞬間が台なしになるのではないかと、あるいは自分のやっていることが最初から間違っていたのではないかと気になりだした。カーブのついた靴底に慣れないポーラはふらついた。ザカは倒れないよう子どもを支えながら、その顔だちを近くからじっと眺めたが、その顔は自分から、ザカから、なにも受け継がず、父親からもなにひとつ受け継がず、その代わり、こちらの祈りと打算とが積もり積もって引き起こした恩寵にも似た一種の化学変化のおかげで、なにもかもを赤の他人から受け継いだのだった。子どもの見せる不安げな態度に彼女はいらだった。この子は以前ここに住んでいたのよ——怖がるなんておかしいわ。

ザカ先生は屈託のない表情をしっかりと自分の顔に貼りつけた。自分はきれいではない、顔はごつごつして角ばっている、けれど人に合わせるのが得意な性格ではあったはずだ。ポーラの腕を取ると、肘の裏側をそうっとさすりながら、娘の目になってまわりを見渡そうとしてみた。

「寒くない？　ねえ。おなか空かない？　なにか食べる？　プチパンかブリオッシュでも買う？」

自分がなにをしゃべっているのかもわからないまま、べらべらと続ける。混乱のあまりポーラの腕をつかむ指の力が少しきつくなりすぎ、子どもは巧みにすり抜けた。

いったいどういうことなのだろう、否定しようもない。恥辱のあまり分厚い眼鏡のレンズがくもった。困惑し弱りはてているポーラのまなざしを通して彼女が見たのは、かつてヴァドールとふたり並んでシテから中学校へ通っていたころあんなによく歩いた道の、変わりはてた姿だった。あのころ、この狭い道に沿って並んでいたのは手入れの行き届いた一軒家であり、窓辺に花の絶えない小さなアパートであり、決して、ああ、決して、こんな荒れはてた灰色のコンクリートのビル、入り口は板材やブロックで閉め切られて前庭にはゴミが積み上げられたままのビルの群れなどではなかった。ビデオ屋が二軒とポルノショップが一軒、ウィンドウは埃だらけで開いているのか倒産したのかもわからない、昔その場所にあったのは……ザカにはもう思い出せなかった。

「たしかパン屋があったと思う。パン屋さんを探そうか。ポーラちゃんが、もしなにか食べたかったら、パン屋さんを見つけよう……」

「なにもいらない」とポーラはささやいた。

「私のいたころはパン屋さんなんか、この辺だけでも二軒か三軒はあったのに」

ほとんど訴えかけるような声音になっていた。こんな道を毎日歩いておいて、ずっとあとになってからポーラのような娘を産むことがあるなんて、どうして信じられるだろう。ポーラがまったく信じられずにいるのも当たり前だ。

ザカはどうしようもないほど、おろおろしていた。これほど澱んだ陰惨な場所からわが人生の誇りを引き出そうと思うなんて、ばかげたことを考えたものだ。彼女は大きな絆創膏の貼ってある後頭部に手を触れてみた。

「いたい？」とポーラは、こわごわ尋ねた。

「ええ」

「あんないじわるな言い方をしたからよ」

母親のほうを見ようと立ち止まったポーラは、怯えきって目を見はっている。

「あなたの言うとおりね」とザカは、愛想よく見せるつもりで無理に微笑をつくりながらつぶやいた。

「パパのほうがあんなふうに言ってきたとしたら、やっぱりママだって石を投げたでしょ」

「石を投げてやったでしょうね、そのとおりだわ」

あの脂まみれの獣に、とつけ加えそうになったが、ポーラが傷つくだろうと思ってなんとか踏みとどまった（それにしても自分の娘ともあろうものが、もっと高級な悩みの対象があったってよさそうなものなのに、よりによってあんな低脳の父親のことで苦しんでいるなんて、どういうことなのかしら）。その代わりに、彼女は子どもを味方に引き入れようと意地悪い笑みを浮かべつつ早口で言った。

「あれよりもずっと大きな石を投げてやったと思うけれど、それでもあいつをぺたんこにするには足りないかもね」

「もういい！」とポーラは叫んだ。

「そうね、そのとおりね」と言いながらザカは子どもを抱きしめた。

そっとポーラの腰のあたりを押しやり、ふたたび歩き出させた。

「なにか食べる？　パン・オ・レでも食べたい？　ブリオッシュは？」

「もういい」とポーラはつぶやいた、敵意も欠いたまま、うわの空で、自分自身に言い聞かせるかのように。


その少しあと、アパートのわきに昔と変わらず残っていた広い遊び場で待っているようにと彼女は子どもに言った。砂場は記憶にあるよりもずっと汚く、敷いてある砂の量もけちくさい。ザカ先生は口のなかが不意にからからに乾いてくるのを感じた。

「遊んでもいいけど、よごしちゃだめよ」と、なんとか言い切った。

言ってしまってから思い出した。ポーラが砂場遊びなどしなくなってから、もうずいぶん経つのだ。

ポーラは唇を妙なぐあいにへの字に曲げて、こんなところにひとりきりでいたくないと答えた。

「あなたの年ごろには」とザカ、「私はまる一日ここで過ごしていたのよ、外で」

娘にキスをするとアパートの入り口へ向かっていったが、そのガラスの扉は割れたところをあちこち栗色のテープで接いであり、表面にいくつか空の断片が映っていて、灰色の雷雲が垂れ込めるその空は激しく暖かい雨の到来を予告している、そしてそこにはまた、見まちがいかもしれないけれど、ポーラの顔が、ひびの入った三角形のガラス片のなかに閉じ込められているように見え、その顔は狼狽のあまりにひしゃげ、くしゃくしゃに縮んで、うんと小さくなってしまい、その縮んだ中心にぽかりと開いた口から、もうすぐ不安の鳴き声が起こってきそうな気配がある。

「あとで呼ぶから、そうしたらその時に上がってきてね」とザカは言った。

振り返らず、ドアに向かって、映った影に向かって話していた。ポーラに聞こえるはずがない。
ホールに入っていくと、なにもかも昔のままだった。

ヴァドールはあまりにも美しかった。
例のぎらぎらした眼鏡ではなく、カラーコンタクトをしていた。ザカ先生は最初、相手が青い目をしているのを見て仰天した。コンタクトのことなど考えつきもしなかった。かわいそうなポーラ……。すると小さな爆発が起こるようにして、痛む頭の内壁に確かな事実が鳴り響いた——そんなこと、ちっともかまわない。同様に、戸口へ現れたヴァドールが、いかにも中年女性らしい長めの丈をしたおとなしいベージュの綿スカートに、貝ボタンのついた丸首ブラウスを着ていたのも、それはそれでまったくかまわない。髪はうなじのあたりでまるくまとめ、まっすぐな前髪はかなり長く伸ばしてあって、その前髪の毛先ぎりぎりのところに青紫の大きなガラス玉が二個（それはいまだけ？　そうでありますようにとザカは思う）、本来ポーラと同じ茶色い目の代わりに嵌っている。

それはあれほど何度も考えたり夢に見たりしてきた、マルレーヌが自宅に自分を迎える時の姿とはちがっていた、まず驚いてからうれしそうにするところは完全に同じだけれど。思い描いていたのは、どこか下品だったり、体や性格を見せびらかそうとする趣味が表に現れすぎていたりして、こちらはなるべくそういうところを気にしないようにしておかなければならないようなマルレーヌで、もしもここに住み続けていたとしたら自分もそういうふうになっていただろうとザカは思っていたのだった。

ヴァドールはあまりにも美しかった。

今日のこの人はブルジョワ女性みたいに堂々とした美しさだ、とザカは思い、怖じ気づいた。

「お母さんのアパートにずっと住んでいるのね」

「そうよ。ママはここで死んだの」と、あたかもそれが理由であるかのようにヴァドールは言った。

「クロード・フランソワのためにここに住んでいるわけではないの?」

ザカは思い切って言った。思わずにやりとしてしまってすぐに後悔した。だがマルレーヌの細い顔は、薄くて艶のない皮膚のすぐ裏側から照らされるように、ぱっと輝いた。

彼女はザカに言った。

「あなたは忘れちゃったんだと思っていたわ」

「どうして」とザカは少しむっとして言い返した。

「よそへ行っちゃったでしょ。パリに住んでるでしょ。ここに住み続けるっていっしょに誓ったじゃない。なのに残ったのは私だけ。近所の人もみんな、クロード・フランソワのこと忘れちゃったのよ」

こんな目を前にして、なにを言えばいいのだろう。ザカは居間の窓から顔を出した。ずっと下のほうにポーラの頭が動かずにいるのが見え、それから大きな雨粒が落ちはじめて、子どもの頭は消えた。生暖かい匂いが砂場から、けぶる駐車場の埃から立ちのぼってザカのところまで届いた。雨宿りしにいったのね、とかすかな懸念をおぼえながら考えた。

彼女はヴァドールの居間にいて、置いてある家具にも見おぼえがあった、それらは当時からヴァドールの母親が部屋いっぱいに詰め込んでいたものだった。入ってきた時に受けた印象、マルレーヌがなにひとつ変えずすべて元のままにしているという印象をさらに強くしたのは奇妙なことに、唐突な感じで新たに加わっていた型押しビロードの肘掛け椅子と円卓で、そのふたつはザカの心のいちばん奥のほうに昔からあるやわらかい土壌を掘り起こした。彼女は、ニスのかかった木製の円卓におずおずと指を触れた。

「それはあなたの家にあったものよ」とマルレーヌは言った。

勝ち誇るように、ちょっとほほえんだ。

「あなたのお母さんがうちの母にくれたの、その肘掛け椅子もよ、あと他にもたくさんくれたんだけど、売るしかなかったの」

そこでザカはあいまいに微笑した。家具にまつわる痛々しい話など持ち出して、マルレーヌはなにを後回しにしようとしているのだろう。それにこの自分が、ザカが、こんな家具に囲まれて生活していたなんて、しかもこんなものを、きれいだしなかなかしゃれているとまで思っていられたなんて、いったいどういうことなのだろう。

雨が窓ガラスを叩いている。一瞬であたりは真っ暗になってしまっていた。

ザカはマルレーヌ・ヴァドールのつくりものの両目がきらりと光るのを見た。そのふたつの目を取り囲むようにして、やはり同じような目が十組ほどもあり、なかには居間の壁に貼りついている巨大なものもあったし、小さめのものは額縁に入って、食器棚の上を端から端まで占めていたり、テレビの上に置いてあったり、椅子の上にきっちり並んでいたりして、二脚か三脚の椅子がそうした展示のためだけに使われていた。ザカはほとんどの写真を知っていた。昔、マルレーヌを手伝ってこれらの写真をいっしょに切り抜いたのだ、わざわざそのために何冊も雑誌を買ってきて。

そして今日、マルレーヌは、自分の目をクロード・フランソワと同じにしてしまった。

ザカの喉が詰まった。マルレーヌに飛びつくと、ぎゅっと抱きしめた。どのくらい長いこと自分はおとなの大きな体に腕を回さないでいたのだろう。何年も、何年もだ、と彼女は考えた。そして恍惚のようなものにとらわれた。ヴァドールの胸は骨ばって冷たく感じられるけれど、それでも自分と同じくらいの背丈の幅広い体を抱くのは、なんて気持ちがいいのだろう。

石鹸の香りを清らかに漂わせるマルレーヌの首に顔をうずめたい欲望に駆られたが、そこまでは思い切れず、とはいえ友だちの筋肉がやわらぐのは感じとれた——友だちなのだ、この三十年間、忘れたふりをしてきたけれど、そのことはずっとわかっていた。

「あなたは私の人生でいちばんの親友よ。これからはもっとたくさん会いましょうよ。ねえ」

「ううん、たくさんは無理。私、もうすぐ死ぬから」

ザカ先生は抱擁を解いた。両腕を伸ばして、マルレーヌを見つめた。

瞳はいんちきでも、ヴァドールはやはり美しかった。

「どうしてもうすぐ死ぬのよ」とザカは、手厳しくも陽気な大声を上げた。

心配事を訴えがちな老女たちを診察する時に、彼女はこういうふうに話しかけることがあった。

「決めたの」とヴァドールはつぶやいた。

数え切れないクロード・フランソワの顔をさっと示すしぐさをした。はかなげな小鼻をきゅっと縮めた。

「あと一か月で、彼の二十五回目の命日よ。彼より長く生きたくないもの。私たち、このことだって約束したのよ。おぼえてる?」

ザカは窓辺へ戻ると雨にもかまわず窓をふたたび開けたので、雨粒がいっせいにヴァドールの小さな居間と、真っ赤になった自分自身の顔、太い黒縁の大きな眼鏡に吹きつけた。沈痛な声音で呼んだ。

「ポーラ!」

自分の用意してきたあの奇蹟に、もはやなんの意味があるだろう。思い切ったことを重ねてきたこの人生にも、ヴァドールに捧げるつもりだったあの供物にも、もはやなんの意味があるというのだろう。

窓を閉めてから振り返ると、マルレーヌは雨に濡れた額縁を冷静に磨き布でぬぐっていた。

「そのためにあなたの診察室に行ったのよ」とマルレーヌは静かな優しい声で言った。「手伝ってもらおうと思ったの、だってどういうふうにすればいいのか私にはわからないから」

「娘のポーラが下にいる……上がってこさせる……。紹介するから……」

「そうねえ、でも、もう」

「見たらわかるから……。あなた、私の友だちだもの……」

「ほんとうに大親友だったわよね、おぼえてる？」

ここでマルレーヌは憂鬱そうにふふっと笑うと、雨にまみれたザカの顔に向けてちらりと目配せをしたが、それがいかにも優しげな、思いがけない目つきだったので、ザカはついうれしくなってしまった。ヴァドールは最後の額縁をよく拭き終えると元の位置に置いた。クロード・フランソワの頬をさらりと手首で撫でたが、そのしぐさは愛おしそうで、機械的で、きっと彼女はこれを何十年ものあいだ一日も欠かさず、しかも一日に何度もやってきたのだとザカは思った。

「結局」とヴァドールは言った、「人生で愛したのはこの人だけだったってことになるのね」

そして、どこからそれが出てきたのかを見てとる暇もなく、気づけばザカは一枚の写真を手にもち、マルレーヌがいろいろな出来事をこまごまと説明するのを聞いていたが、それらは自分にとってはまったく知りたくもないことだったので、すぐさま精神の安らぎを守ってくれる守護神のようなものが心のなかに現れ、なにも聞きとらずにすむよう闘い出した。

それにしても、このふたりの老人はなんて苦々しい、途方に暮れた顔をしているのだろう、ヴァドールが無理やり手にもたせたこの写真のなかで――痛ましくて見るに堪えないそのふたりの老人が自分の実の両親だということを、ザカは不意を衝かれたために、意志に反して理解してしまった。

「だってふたりとも、かわいそうに、本当にあなたが死んだものと思っていたのよ、お医者さんになったとわかったならどんなに喜んだでしょうね、でも私、最後までふたりの面倒を見たの、うちの母親とまとめてね、だからつまり私の青春はそれだけで終わったの、三人の老人でしょ、それから私が夢中で愛したあの人、夢中で……」

「でも息子がいるんじゃないの」とザカは絞り出すように言った。

「ううん、息子なんていないわよ、子どもはいないの」

「だけど息子がいるって言ったじゃない」

「そんなこと言ってない」

ヴァドールのぽってりした美しい口に、不快げな皺が寄った。決めつけるように、非難するように、ははっと笑った。

「どうしてそんなことが言えるの。私が言ったなんて、そんな……。ザカったら」

「言ったわよ。ちゃんとおぼえてるもの」

ヴァドールは肩をすくめ、ふたりの老人の写真を取り戻した、というのもザカは自分でも意識せずに、その写真を絨毯に落としそうになっていたのだった。敬愛と情のこもった、わざとらしいところがまるでないだけにいっそうザカをいたたまれない思いにさせるしぐさで、マルレーヌはその写真を、並んだ額縁のひとつに立てかけたが、その額のなかではクロード・フランソワが目の醒めるような草原を、ふたりの子どもたちといっしょに駆けていた。

なんという羨望、いや嫉妬と言っていい感情が、この写真を切り抜いて厚紙に貼りつけたあの時、熱狂的なふたりの少女の心に渦巻いたことだろう。というのもふたりはちょうどクロード・フランソワの子どもたちと同じ年ごろだった、彼のふたりの娘たちでもよかったはずだったのだ、ひとりはきれいで、ひとりは不細工で。ふたりは当時、自分たちがクロード・フランソワの娘だったらと想像した——自分たちの顔をあのふたりの男の子の顔の上に貼りつけまでしたのではなかったか、自分たちのものだったはずの気高い役割を不当にもさらっていった少年たちの顔の上に。

仲直りをするつもりで、クロード・フランソワのかわいい長女のつもりだったことをおぼえているかどうかマルレーヌに尋ねようとしたその時、ザカの両親（愚弄され邪険にあしらわれたあげく、はるか昔に死んでしまった）に面と向かってかがみこむマルレーヌの背中のまるみに、突然、どれほどマルレーヌ・ヴァドールが自分よりも優しいか――自分のこれまでしてきたことに対して、どれほど、比べものにならないほどすぐれていて、比べものにならないほど慈悲深いかを垣間見た。そう思った瞬間、目に涙が浮かんできた。

「あなたがしてほしいと思っていること、私にはできない」とザカは言った。

「自分でなんとかするわ」とマルレーヌは言った。

「また会えたらいいのに」

ヴァドールは、やりきれないような、決意を固めたような、はてしなく悲しそうな面持ちでほほえんだ。丹念に磨き上げた小さな古くさい居間にたたずみ、顔の二点を内側から刺しつらぬくように不死の瞳を輝かせて、彼女は両腕をだらんと垂れて立ちつくしている、そしてザカは知っているのだ、この女はもう自分の友だちではないということを。優しさのお手本のように接してくれはするけれど、もはや友人ではない以上、たとえザカの身になにが起きようとも、この女はなんの影響も被らないだろう。すべては終わった、ザカが気づくよりずっと前から、もうすべて決着がついてしまっていた。

ザカは手早くマルレーヌ・ヴァドールにキスをしたが、相手は言ってみれば、すでにマルレーヌ・ヴァドールではなかった。

そういえばあれはだれだったか、狂ったように泣きじゃくり、絶望に駆られ途方に暮れて叫んでいた。

「これで終わりなの、もう二度とあの人に会えないの?」

ザカの母親だったような気もするし、ヴァドールの母親だったような気もする。決してマルレーヌではなかった、絶対にちがう、彼女は瞳を伏せて、うぬぼれに近い不思議な確信を抱きながら、いつかあの人に会えると、ことの終わりが本当に訪れるのは自分自身が死ぬその時だと信じていたのだから。

ザカ先生はやみくもに走り出してアパートの一階に辿り着いた。そして呼んだ。

「ポーラ！　ポーラ！」

水たまりのあいだをのろのろと走っていた。体が脂肪だらけで重たくて、いまはもう刀のさやのような、金属製の宝石箱のようなものに覆われ守られている錯覚などまるでない。こんなに重苦しくてだぶついているのに、自分は軽やかで引き締まっていると信じようとしていたのが恥ずかしく思える。その上、いまや自分のせいで娘のポーラがいなくなってしまった。それに後頭部がずきずきと痛む。それにポーラがこないのが急に心配になってザカが行こうとした時に、驚きのあまりヴァドールの口から思わず飛び出した大声が頭から離れない。

「この辺はもう子どもをひとりきりにしておくような場所じゃないのよ！」

ああ、マルレーヌ・ヴァドールはマルレーヌ・ヴァドールの顔をした女の子を見ることはないだろう、それも、いまからではもう遅い。だいいち、いまさらマルレーヌ・ヴァドールの顔がなんだというのだろう、あの女はもう友だちではないのだから、彼女の頭にあるのは生きてきた月日がクロード・フランソワを上回らないこと、それしかないのだから。

いまやザカの頬は涙に濡れていた。なんとか急ごうとはするものの、どちらに行けばいいのかもわからない。腰や、腕の肉が、ゆさゆさと揺れている。

「ポーラ！　ポーラ！」

眼鏡が鼻からずり落ちた。と同時にザカは車道から歩道へと不器用に飛び移った。足の裏でぎりっとガラスの潰れる音がして、こんな音を自分のなかからも出してみたいと思った。自分のこの絶望を、この戦慄を表す、苦い音。

彼女は震えながら眼鏡のフレームを拾った。

「ああ、もう」

ひん曲がったフレームをポケットの奥に突っ込むと、目を細めてあたりを見まわそうとした。群れをなしてそびえ立つ荒れはてた建物は、いまもマルレーヌが住み、かつてザカ自身も住んでいた建物に似てはいるが、当時生まれたてだった住宅は今とちがって明るく、白く、整っていた、その建物の群れの隙間に、不意にポーラの小さなシルエットの、ショッキングピンクの輪郭を見分けたように思った。そばにもうひとつ、ぼんやりと人影が見えるような気がしながらザカはそろそろと歩き出した。呼びかけることもできなくなって、ぜいぜいと息をついている。ふたたび襲ってきた痛みが錐のように頭を貫き、顔をしかめ上唇を噛んだところでポーラの隣にいた人物が振り返り、ザカはポーラの父親を認めたような気がした。たちまち口のなかにすっぱい塊ができたが、同時に彼女は、ポーラの父親が巨大でぶよぶよで卑劣で狡猾な男だとわざと信じ込もうとしていた自分が恥ずかしくなった。そんな欺瞞を押し通すのはもう無理だった。やつの背中に唾を吐いてやりたいと思った――けれども、これほどの近眼で見てさえよくわかるではないか、その背中がすっきりと身なりの整った男らしく、誇らしげにしゃんと伸びているということが。もうずいぶん前からこの男は自分のことを、ザカのことを、愛するのをやめてしまったのだった、もうずっと前から。これ見よがしに手で絆創膏を押さえながら、こんなことを彼に叫べば、はたして彼はもういちど自分を愛してくれるだろうか。

「そこでなにをしてるのよ。どうせ裁判所で会うでしょ!」

そして自分は、ザカは、だからといって彼を愛することをやめたりするだろうか。いったいどうすれば、と眩暈のようなものにとらわれながらみずからに問いかけた、いったいなにをすれば、郷愁を、未練を、無関心へと移し変えることができるのだろう。

疲れ切って足を止めた。その男のほうへと一心に向かう嘆願と情欲の激しさに体中が震えて止まらない気がする、けれど男はもう自分のものではない、自分の価値を認めてもいない。

その時になって、男がゆったりとした大股の足どりで遠のいていった。ザカはあれがポーラの父親だったのかどうかもまったく自信がなくなってきた。

ポーラのほう、いやポーラのものと思われるシルエットのほうも続いて男とは逆の方角へ走り去った。一棟の建物の冷たい影がその子を呑みこんだ。


ザカ先生はバス停のところで娘に出くわした。

「ママ！　待ってたのよ」と、うれしそうにポーラは言った。

見ると、これまで目にしたこともないほど明るく喜びにあふれて娘の両眼がきらきらと光っているので、ザカは、悲しみに濡れてべとついている自分自身の剝き出しの顔を思って気後れした。

無理やりほほえみ、非難や安堵の言葉は押しとどめた。

心の準備を整えようとしてみた——目の前になにを見出そうと、暖かく迎え入れるつもりだから。

みんな友だち
Tous mes amis

すべてが終わってヴェルネルに再会するその時、彼はただ、引きつったような薄ら笑いを浮かべて私を迎えるだろう。用心深く、何歩か後ずさりをするだろうが、この時ばかりは足許もおぼつかないはずだ。

君の夫のことを話してくれと私がセヴリーヌに言うと、彼女は最初、むっとしたような、どうしたものかといった調子で話しはじめる、それから、私が好奇の目を隠そうともしないのを見てとると、話し方はだんだん無愛想な、片言も惜しむような調子になる。

あからさまなところを見せてしまったと、私はあとからわが身を責める。少しずつ進むのだ、と自分に向かって言う、相手はセヴリーヌ、おまえの家政婦だ、おまえの考えていることを、母親と同じくらい確実に当ててしまう娘なのだから。

しかしセヴリーヌは、私よりも十五歳ほども年下なので、となれば、いったいなぜ私はセヴリーヌの夫などにこれほど興味をいだく必要があるのだろうか、きっとどうでもいいような若い男、彼女と似たような人物にちがいないのに、そして彼女はといえば、どこにでもいる若くてかわいい女、金を払って私のやりたくないような仕事を毎日させているだけの女だというのに。

慌てるな、用心しろ、と私は自分に向かって言う、相手はセヴリーヌだ、丈高い草の陰に身を隠せ、まだ目標まで遠くても、立ち止まれ。

というのも、そもそも最初から、彼女はわが家での仕事にそれほど執着しているわけでもないと見え、もしもなにか、たとえば詮索するような私の態度が気に入らないというようなことでもあれば、ためらいもせず辞めてしまうように思われた。

そして、私が自分でしてもまったくかまわないような雑用に従うセヴリーヌを見ると、私は何度もばつの悪い、もどかしい気持ちになってしまうだけに、彼女が顔をあげるやいなやねちねちと質問をたたみかけてはどう考えても彼女の立場につけこむことになると思い、そうしたくなってしまう自分を責めるのだった、なぜなら私にはわかっているのだ、私がまったくなんの前ぶれもなしに問いかけて彼女がぎょっとする時、風呂場から出てきたばかりで、私の深い浴槽に身をかがめていたためにまだ顔も赤く髪も乱れたままの彼女が、答えをきちんと考えたり、黙ったり、かわしたりできるほどの気持ちの落ち着きを取り戻しているわけはないということを。

少しずつ、セヴリーヌの夫についての知識を私はたくわえていった。基本的な事柄は知っている。郵便局の窓口で働いており、セヴリーヌと同じく三十歳、目と髪はこんな色、などなど。

あのことを思い切って尋ねるかどうか、私は長いあいだ様子を見ていたのだが……。

悠然とセヴリーヌの前に進み出て、鄭重ながらも熱のこもった私らしい微笑を浮かべて口を開く、が、いくつか特定の単語が喉もとにつっかえて出てこない。セヴリーヌはびっくりしながら金色がかった細い目で私を見つめ、それから肩をすくめると、たくみに私をよけて通り過ぎる。

毅然として私は廊下に足を据え、彼女の行く手を阻むべく両腕を広げる。セヴリーヌが私の寝室から出てくるが、手ぶらで、やることがないといった様子だ。大きな嗄れた声で、私は言い放つ。

「君は夫を愛しているかね、セヴリーヌ」

これが、それまで私が口にできなかった台詞だ。

セヴリーヌの両眉がくっついたようになる、怒りのあまりぐっと眉をしかめたせいだ。私をじっと見つめる。しかし私は目を逸らさないから、一瞬の困惑ののち、彼女のほうが折れざるをえなくなる。

「君は、セヴリーヌ、夫を愛しているかね」

これを口にすることに喜びをおぼえた私は、いまや少々やかましいほどの大声を出している。

ゆっくりと、セヴリーヌは私のほうへ進み寄る。腕をぶらんと垂らして、少し顎をそらし、責めるかのように唇をつんと突き出している。わが家政婦セヴリーヌがこれほどまでに私に対して怒るのを見たのははじめてだ。まさか答えないなどという思い切ったことをする気でいるのだろうか。私とすれすれのところで立ち止まると、まんまるい乳房が私の胸にあたり、弾力のある重たげなその塊が少々こちらを押してくる。セヴリーヌは私の優位に立っている、それは身長のせいではない、身長は私と同じくらいなのだから、そうではなく、たっぷりつまった筋肉、しっかりと張りつめた肉のせいだ。あの言葉に魅入られた私は、なおも声高に言う。

「セヴリーヌ、君は夫を愛しているかね」

ぎらぎら光るセヴリーヌの目がくもり、ごく小さな涙の粒が、睫毛二本の隙間に現れ、ゆらめき、私の肩に落ちる。が、しかし、その部分の皮膚が、腐蝕性のきわめて高い物質に触れたかのようにひりひりするのを感じながらも、私にはセヴリーヌがあいかわらず不意を衝かれて激怒しているのが見てとれる。

セヴリーヌはまず私に、夫のことは愛していると（そうか、好きなのか、と私は落ちこむ）、それから、そんな質問をする権利はそちらにはまったくないのだから、いますぐここを辞める、と答える。

わが家政婦、セヴリーヌは、中学校のとき私の生徒だった、そして、わが家で働かせるのにセヴリーヌを選んだのは、まさに自分勝手で、傲慢で、理屈のとおらない彼女のふるまいが私を苦しめたことを思い出したからで、当時の彼女はほかの女生徒たちと同様、りっぱに怖いもの知らずで投げやりだったのだが、ほかの子の行動はセヴリーヌの場合ほど激しく私を脅かすことはなかった、猛獣の目——まっすぐで、黄色がかって、微動だにしない、そんな目をしたセヴリーヌほどは。

セヴリーヌは教室のいちばんうしろのほうから、射るような冷たい目をじっと私に注いで、壇上に晒され体をほてらせる私の姿を、上から下まで、高飛車に、一秒たりと休むことなく眺め回すことに、間違いなく異様な悦びを味わっていた、そして、しまいに私は疲れきり怯えきって、きつい調子で笑い出し、目を伏せて自分のノートを見なさい、さもなければ罰を与えるぞと脅すのだった。

セヴリーヌは決して従わなかった。皮肉っぽく片眉をあげつつ、なおも私を観察していた。ぶつぶつと答えることもあった——べつに先生を見ているわけではありませんと、そうすると私のうちに強烈な哄笑が湧き起こり、そのあまりの激しさに、私はみじめにも、息を切らして教室を出なければならなくなるのだが、いっぽう彼女のほう、動じるということのないあのセヴリーヌのほうは教室のなかに居つづけるのだった、いやそれどころか、ひょっとすると私に代わって黒板の前に立っていたかもしれないではないか、笑いが、惑乱が鎮まるまで私が待っていなければならない、その何分ものあいだ。

さて私はセヴリーヌに謝った上で、戻ってくるよう説得せねばならない。

それに先だち私は郵便局へ行く。まるい頬にメタルフレームの小さな眼鏡、濃い黒髪をしたこの青年とは、私はすでに関わりをもったことがあったが、これがセヴリーヌの夫であるとは知らなかった。

いまや私はそのことを知っている。重大なこの情報に力を得て、私は頭を高く上げる、すると、この郵便局の澱んだ空気のなかにどういうわけか掛かっていた妙な鏡が、私の新たなイメージを映してよこした。すらりとして隙のない装い、すっきりした横顔、よく通った鼻すじ。困惑しながらもひそかな満足をおぼえ、私は思う。この男、まだなかなかのものじゃないか。

私は額をそっと仕切りガラスに寄せ、その向こうにいるセヴリーヌの夫と対面する。

考えてみると非常に戸惑うことなのであるが、自分の生徒セヴリーヌをあれほどまでに嫌った私が、いまは自分の家政婦であるセヴリーヌにきわめて強い情愛を感じている。本当に同じ娘なのだろうか。私は時おりいぶかしむ。

若いころのセヴリーヌはおそろしく私に辛くあたった、だが私は慎重に彼女を扱い、勉強がうまくいくようにと彼女の指導に力を注ぎ、彼女を気に入っているように見えなくもなかったはずなのである――とはいえ実際には気に入ってなどいなかったのだが。じつはセヴリーヌに対する怖れこそが、彼女の寵愛を、祝福を、私に追い求めさせたのだ。しかし、向こうには寛容も憐れみも、一貫性さえもなかった。幾度となく、いまやセヴリーヌが私のあずかり知らぬ活動にそなえて力を抜き適当に掃除するこの同じ家で、私はどうしても彼女に必要なはずの補習授業を無料でおこなってやろうとしては、幾度となく待ちぼうけをくったではないか、そして幾度となく、彼女が来るところを見張るために陣取った窓のそばで、待ち疲れてうとうとと、苦くやるせない眠りに落ちたではないか。ある朝、私が勇気を奮い起こしてすっぽかしを非難すると、私に対する時に好んで使うあのやわらかく、少し息を切らしたような声でセヴリーヌは、いいえ行きました、と答えた、そこで私は身震いして考えた、もし彼女が音も立てずに家に入ってきたのだとしたら、わびしく眠る私の恨みがましい姿を目にして、彼女は私の頭上にすっと立ち、もしかするとある身ぶりを……。どんな身ぶりを？　あのセヴリーヌ、何に対しても心乱されることなく、ただ排斥、容赦ない断定、軽侮そのものであった彼女――あのセヴリーヌ、ああ、と私は考えるのだった、どんなセヴリーヌ？　隙だらけの私、孤独な私に、あの娘がいったいなにをできたというのだろう。私には知りようがなかった。

私は自分の知っているあらゆることをセヴリーヌに教え込むという望みを抱いていたが、セヴリーヌ、頭のよいこの生徒は、怪しげな食物を押しのける時の、さりげないながらきっぱりした身ぶりで、私の指導を斥けるのだった。どうやらセヴリーヌは私からなにも受け取らないという、それだけのことのために、勉学そのものを犠牲にしようと決めたもののように思われるのである、するとだれもいないこの家のどこからか、理をわきまえたひとつの声が湧き出して、そんなことがあるはずはないと断言するが、それでも私の確信は揺るがない、証拠を示すことはできないにせよ。

　私の言ったことは、ひとつとして彼女のなかに残っていなかったであろう。私は熱心な男であり熱心な教師であったが、石のようなまなざしのあの娘、あのセヴリーヌのほうは、過ぎた熱心さを咎めるのだった。自分の受けもつ生徒たちを惹きつける作法については、私はある程度心得ていた。中学校でも、高校でも、私のずば抜けた人気はずいぶん前から揺るぎないものとなっていた。まさにそうしたことをセヴリーヌは口に出すことなく断罪していたのであり、そうしたことから冷ややかに身を守るべく、セヴリーヌはその明晰で空疎な精神のうちに私の知識が侵入することを拒み、これにより私とのあらゆる交わりを絶って、わが身を守っていたのである。

　私は彼女に無理強いを試みた。たくましい肩に腕を回して、練習問題を解く手助けをしようとしたが、ちょっと頭のなかでその設問に触れてみるという程度のことさえ彼女は拒絶するのである。私は今度は自分のほうから彼女の黄色に映る目を見つめつつ、ゆっくりと執拗にほほえみ、無表情な彼女の顔を前にして、踊りに誘うかのようにぱちんと指を鳴らし、ついで、こうささやくのであった。

「セヴリーヌ、本を貸してあげるので、それを読んだ上で私に感想を話すように」

だがセヴリーヌに貸した大量の書物の一冊たりとも私のもとに返ってはこず、それらの書物が論評の対象になることもなく、セヴリーヌの性格がそれらの書物の影響を受けたらしいと私に示してくれるものもひとつとしてなく、私に対する彼女の憎悪がやわらぐ気配もなかった。


「ぶしつけなことを訊いて悪かったと、セヴリーヌにお伝えいただきたい」と私は窓口のガラス越しにセヴリーヌの夫にささやいた。

私はセヴリーヌの夫を、あるがままの姿で間近に観察することにより、あることを発見して驚きかつ困惑し、あの娘は自分の夫に関するもっとも重要なことを私に隠していたのだと恨めしく思う。

彼はどのようなご用件でしょうかと私に尋ねる。

「用件はなにも」と、ややひるんで私は言う。

それから、用心深いこの若い男に向かってさらに言ってみる。

「私に見おぼえがないのですか」

私は深い孤独を感じる。それからセヴリーヌの夫を見るが、その時、懇願するような不安げな顔を私はしているにちがいない、なぜなら彼は聞こえるか聞こえないかくらいの優しい声でこう答えるからだ、セヴリーヌはあなたの家で働き続けることにもう決めましたので。少々もたつきながら外へ出ると、どうも共謀だとか優越感といったものに含まれる要素、あの相手を小馬鹿にしたような粒子が街の空気のなかに漂っていると感じる。と、私が嗅ぎとったものが間違いではなかったその証拠に、反対側の歩道に、こちらの心を引き裂くばかりの明るさを一面に放ちながら現れる――私の妻と子どもたち、もはや私に言葉をかけるまいとだいぶ前から決めている三人が、活気に満ちた大股の足どりで、私抜きで暮らしている家に向かって歩いているのだ。

私は三人に遅れまいと小走りになりながら呼ぶ、まずふたりの息子を、それから妻を。

「元気にしているか」と私は大声で言う、明るく軽やかに見せようと強いて努めながら。

私のほうをちらりと見た三人は、がまんならないという目、どれも似ている上にどれも同じような敵意に満ちた三組の黒い目を向け、ついで小径のほうへと急いで消える、私には原則として立ち入る権利すらない小径のほうへ。

　のちほどヴェルネルが街に帰ってきたら、妻と子どもたちのことを彼に打ち明けよう、そうすればヴェルネルは、私よりもずっと年下ではあるが、あの教養人らしい声でたとえばこんなことを言って私の辛苦を慰めてくれるだろう。あなたは一生つぐない続けるつもりだとでもおっしゃるのですか。一生、罰を受けようと？　彼の落ち着いていながらも熱のこもったところや、揺らぐことのない確固たる現実主義は、ゆるやかにこんな考えへと私を導いてくれるだろう、つまり私の思っていたことは間違いであって、自分の家族に対して犯した過ちや罪（そうなのだろう、きっと。しかし厳密にはそうではないとしたら？）を贖うことに一生を捧げねばならないと感じることは不当である、という考えへと。ヴェルネルはわが家でもっとも上等なソファに腰を落ち着け、不穏なところのある整った顔だちは、わが家の奥のほうにあって毎晩のように私の不安を駆り立てる深く暗い場所、こそこそとささやきかけてくる荒みきった場所のことを忘れさせてくれるだろうし（というのも、私はわが家に嫌われているのだ）、ヴェルネルのおかげで私は少々の自尊心、品位、輝かしさを——郵便局の空気のなかにかかった大きな鏡が、私の通り過ぎる短い瞬間に垣間見せてくれた、あの輝かしさを取り戻すことが必ずできるだろう。

私の妻と子どもたちは、かつて自分たちが住み、いまは住んでいないこの家を、自分たちの味方に引き入れてみせた。わが家は子どもたちの遊びや耳をつんざく妻の叫び声をなつかしみ、現在三人の住む現代的な見知らぬ家を嫉妬深くうらやんでいる。が、この件に関しては、ヴェルネルは私がつい涙を浮かべてしまうほどの優しい声音で次のようにつぶやくだろう——あなたはこの家の主人なのですから、そのことを忘れてはいけません、と。ヴェルネルが口にすると、じつに素直に聞ける。わが家に対し、私は怖れを抱くいわれもなければ、私がここにひとりでいることを許してくれなどと涙ながらに願い出る必要もないのだ。

私はわが家の主人なのだ。

セヴリーヌは私がまだ学校にいるあいだにうちへ戻ってきた。はじめ、わが家に皓々と灯りがついているのに驚いた私は、雨のなか、しばらく立ちつくして居間の窓を見上げていたが、その窓の向こうにはセヴリーヌがゆっくりした足どりで行ったり来たりしながら口を動かし、耳に押しつけている小さな電話に向かって時おりほほえんでいるのが見えた。

私は昔、授業中に鳴ったような気がしてセヴリーヌから没収した小さな金色の電話のことを、やや恥じ入る気持ちで思い出す。セヴリーヌとこの件を話題にしたいものだ。しかしセヴリーヌはこれまで一度として、私がかつての担任教師であったと思い出した様子を見せたことがない。セヴリーヌは、いまから十五年前、われわれふたりのあいだにあったこのつながりを思い出したことは一度もないらしく、いらだつ私は時にもう少しで彼女に向かって、私が貸した本はいったいどうしましたか、ねえ、セヴリーヌ、と言葉をぶつけそうになったが、そこで唇をきゅっと結んで自分を抑えたのはなぜかといえば、セヴリーヌが不審げに目を細めて、意味がわからない、ということを示す姿を目にするのが怖かったからで、というのもその姿を見ることで明らかになるのは、私という存在を構成する粒子を一粒たりとも自分のなかに侵入させまいとする彼女の意志が果たされたということだからだ、なにしろ私のことを心の底から、完全に忘れてしまったことになるわけだから。

私は興奮すると同時にほっとしながら家に入る。セヴリーヌに言う。

「また君に会えてじつによかったと思っているよ、セヴリーヌ」

それから喜びにわれを忘れて私はなおも言う。

「この電話だがね、セヴリーヌ、これは私が取り上げて、年度末ぎりぎりになってから返したあれかね」

セヴリーヌは答えない。パンツのベルトのところへ几帳面に電話をしまうと、栗色の長い髪を束ねて、まるくまとめる。セヴリーヌは爪先の尖った華々しい銀色のスポーツシューズで回れ右をする。さてつぎは寝室の掃除、などとつぶやきながら部屋を出ていく。

不愉快きわまりない。恥辱を、憎悪を、私はおぼえる。セヴリーヌの背中、たくましく無愛想で潔癖な背中に向かって私は言葉を投げつける。

「君の夫がマグレブ系だということを、なぜ私に言わなかったのかね。私が彼の知り合いだということを、なぜ言わなかったのかね、セヴリーヌ。なぜこの二点を私に隠したのですか、セヴリーヌ」

わが家の上がり口まで来ていたセヴリーヌはぴたりと止まったが、そこからは黒い大きな階段が伸びて私の寝室および子どもたちが使っていたふたつの寝室に通じており、その二部屋は当時のままに、いまや青年となったふたりのおもちゃやベビー服で埋まって、なにひとつ持ち出す余裕もないままに急いで逃げ出さざるをえなかったかのような状態になっている。セヴリーヌはこちらへ振り向くと、たっぷりと抑制の効いた声で、私が以前から彼女の夫を知っているはずはないので、私の間違いであると言う。

「間違っているのは君ですよ、セヴリーヌ」

私は冷静に話す。たとえ私に理があろうとも、私は勝ち誇ることを欲しない。私は苦い思いを味わっている。セヴリーヌは、私の家と同じく、私を好いてはいないのだ。それでも私は冷静に話す。

「君の夫は私の教え子ですよ、セヴリーヌ。君と同じクラスにいて、あのクラスでマグレブ系は彼ひとりだったから、私はよくおぼえている。君たちはつまり高校で知り合ったわけだね、セヴリーヌ」

セヴリーヌは薄ら笑いを浮かべる。彼女の不快感と憂鬱が、私とのあいだにどんより波打っている。
彼女は黒い階段を昇りはじめるが、手ぶらなので、掃除をしにいくというよりも、まるで私の寝室でひと休みしようとしているかのようである。そうして、昇りきると、手すりの上から身を乗り出すので、私は、彼女が落ちる、身を投げる、と思う。しかし彼女はただ、私が夫を知っているわけはないと、きっと私がだれか別の人と勘違いしているのだと、ふたたび述べるにすぎない。それから彼女が首のあたりからなにかを外して私に投げつける気がする、そして私は、若い人間の皮膚が一枚、棘と恨みをずっしり含んで、足許にべたりと落ちるのを感じとる。

私はセヴリーヌの夫の名前をおぼえていない、というのもそれはややこしい名前で、授業をしていた当時でさえ記憶にとどめておくのに苦労したのである。しかし私はヴェルネルの姓も、本当の名もおぼえている。私がヴェルネルの豪奢な家のなかに入り、淡い緑色のきめ細かい革を張った肘掛け椅子におそるおそる腰を落ち着ける時ともなれば、きっとその革があまりにすべすべなのでセヴリーヌの首や腕を連想してしまうにちがいないのだが、その時、私は目を少ししばたたかせて、カーテンのない大きな窓から度外れなまでの強烈さで射し込んでくる光を避けようとするだろう、と同時に気づくのは、ヴェルネルの庭にはいつも極端なまでに太陽が輝いているけれどもその極端な光はヴェルネルの家にあってはどうしてもなくてはならぬ月並みの調度、いくつもある浴室や三間続きのサロンと同じようにしつらえられたもののように感じられるということであり、そう考えてから、ガラス越しににじんわりと体を暖められながら瞼を伏せ、わが息子たちのいずれかが自宅に私を上げて応対してくれたとすればいまと同じくらいうれしいだろうと思うほど幸福な気持ちになって、私はヴェルネルに尋ねる。

「なぜ下の名を変えたのかね、ヴェルネル」

「あなたと私が同じ名だったからです」と、ヴェルネルは明瞭、正確、かついくぶん高慢な声で答えるだろうが、その声は私の担当したきわめて優秀な生徒のものであり、その声のために当時の私は彼に反感を抱いたのだった。

　やや傷ついた私は、沈黙したまま自問するだろう——私がある程度献身的に教育をほどこした若者、私に好意を持っていたばかりか私にひそかな崇拝を捧げてさえいたかもしれない若者が、いったん私よりも高いところにたどり着いた途端に、今日ある地位まで自分を育て上げ押し上げたものを優越感とともに否定し去ってかまわないと思うらしいのは、いったいどういうわけなのだろうかと、とはいえ彼のたどり着いたこの荘厳かつ愚劣な家に、私は喜んでやってきて腰を掛けるだろう、なぜならその家は、私に対し優しく正当に接してくれるだろうから。

ヴェルネルは、私の境遇には無関心なまま、慌てることなくこう言い足すだろう。

「あなたと私の名が同じで、セヴリーヌが昔、そのことを非常にいやがっていたからです」

彼は例のおそるべきほほえみを洩らすだろう、失望と悲しみに満ちているとともに、共感、興味、好奇心をいっさい欠いた、あの微笑を。ヴェルネルの家が、私を包み込むようにして守ってくれるだろう。家の魂はヴェルネルから離れて私に近づくだろう、ヴェルネルにとって家屋が道具でしかなく愛情の対象ではないのに対し、なんの見返りも求めずに家への愛情を感じる能力が私にはあるのだということを理解して。

そしてヴェルネルは私にアルコールを勧め、私はぎくりとするだろう。そればかりか、小刻みに震え出すにちがいない。私は、まるで彼が一発見舞ってやると脅したかのように、手をかざして言うだろう。

「いや、いや。アルコールはもう、二度と」

するとは彼はほのかな笑みを浮かべ、無関心な様子で自分用になんらかの酒をグラスに注ぐだろう、そして私についてはそれ以上なにひとつ聞こうともしないにちがいない！


それではもうひとりのほう、つまりセヴリーヌの夫のほうはどうなのだ。なぜセヴリーヌに夫が？　いったいどういうわけで、そのようなことが起こりえたのか。

セヴリーヌの夫はクラスで唯一のマグレブ出身者で、凡庸な生徒であったにもかかわらず、私から特別の保護と心遣いを受けていたというのだから、まったくもって不条理ではないか、彼のことをヴェルネルよりも大事にしたとは私の見る目のなさをよく示している、ヴェルネルはわが教育に敬意をもって応えるとともに、わが名声の確立にあたってめざましい役割を果たしたのだ、なのに私は、あの優れた成績、どこから見ても魅力的な人となりにもかかわらず、彼を好まず、評価せず、かわいがらなかった。私は間違いを犯したのではないか。そのとおり、私は間違えた、

間違えた、間違えた。というのもヴェルネルは名だたるブルジョワを両親にもっていたのであり、そのたった一事をもって、私はなんら疚しさをおぼえることもなく、そのころはヴェルネルという名でなかった者に対して嫌悪まじりの軽蔑を感じ、またそれをヴェルネルにわざわざ隠そうともしなかったのであるが、それはおそらく、専門医を父と母にもつ者ならば、もうそれだけで敬意や友情を得るのは無理と思って当然と考えていたためであろう。

私はヴェルネルの家へ着き、薄緑ではあるがなめらかな女の皮膚のような感じのものを貼ったソファの一脚へありがたく腰を落ち着けるだろう。しかし期待と感謝をいっぱいに湛えたまなざしでヴェルネルを包み込みながらも、悔恨、自分が偽善的で愚かであるという気持ち、そして漠然とした怖れが、どうしても私の喜びと安らぎに傷をつけずにはおれないはずだ。というのも私はかつて市の中心街でもっとも格の高い地区に住んでいるという理由でヴェルネルを呪っていたのだから。それに彼の着ていたぴったりした質のよい革のブルゾン、ブランドもののジーンズ、きっちりと切り整えられた髪型、数えきれないほどのスポーツシューズ、それらすべてを私は少々の苦痛を混じえた愉悦をもって忌み嫌っていたが、そのような時に私が思い出すのは、ヴェルネルとだいたい似たような恰好をしたあの少年やこの少年が、十五歳のころ、私の身なりが質素だからといっていじめたことなのであった。

だがこのとおり、のちに私は、ある解明しがたい横暴な力によってわが家から追い出され、こうしてヴェルネルの家の振りまく魅惑のただ中にいることになるだろう。

このとおり、私はヴェルネル自身の振りまく魅惑のただ中にいることになるだろうが、といってもその魅惑というのは、かつて私の生徒だったこの特定の青年その人から発するものというよりも、彼にまつわるあれこれ、すなわち私がかつて犯した判断の過ちや、かくも友好的な彼の家や、セヴリーヌを求めてやまない彼の意志や、彼の余裕ぶりや、裕福、といったことから発している。うらやましく感じたり圧倒されたりしてしまう誘惑に負けまいとして私が闘ってきたその対象を前に、私はいまや武器を捨てる。そしてヴェルネルがしなやかに歩き回るのを眺めたり、私を元気づけるようなことを言うのを聞いたりするだろうが、しかしそれは彼が本当にそう思っているということでもなければ、私に本物の友情を抱いているということでもなく、彼としては、単に怯えきった孤独な男が自分の家に来ており、そういう男には元気づけるようなことを言うものであると習ったからそうしているだけなのだ。わが家の陰険さ、そして私を捨てたとたんに私のことをすっかり意識から消してしまったわが妻と息子たちの陰険さについて私は彼に語るだろう。私はあらゆるアルコールを激しい勢いで拒否するだろう。だがしかし、私が昔、どれほど彼を軽蔑したかについては絶対に言わないだろうし、ヴェルネルの面前でその思い出がよみがえれば、私は恥辱に顔を赤らめつつ間の抜けた笑いを浮かべずにはおれないだろう。みじめな気持ちに苛まれている私の姿には、あれほど感情の抑制に長けたヴェルネルでさえ当惑を見せるだろう。

私はセヴリーヌに、いまではヴェルネルとみずから名乗っているあの少年をおぼえているかと尋ねる。セヴリーヌは玄関ホールの大きな鏡に面と向かって体を伸ばし、両手を握りしめてぐっと上へあげ、目を半分閉じている。とても深く切れ込んだ臍のまわりのクリーム色の肉が垣間見えるのは、ピンク色のセーターの裾がセヴリーヌの動きのせいで、胸のすぐ下のあたりまで、ずり上がってしまっているためだ。

「本来は私と同じ名だったあのヴェルネルだが、セヴリーヌ、高校の時に君と同じクラスでしたね。彼は学業と仕事のためにパリへ行っていたが、いまやわが街に帰ってきた、彼はね、セヴリーヌ、君のために帰ってきたのだよ」

私はつぶやくように言う、まるで自分がセヴリーヌに結婚を申し込んでいるかのような感動をおぼえながら。

「私は君たちみんなの先生だったが、あの少年はいまとなってみれば私のこれまで受けもったなかでもっとも頭の切れる生徒だったよ、セヴリーヌ」と、父親が自慢するようにして私はさらに言う。

セヴリーヌは鏡のなかから冷ややかに私を見る。気高く、自信ありげに、慌てもせず両腕をおろすのだが、私の知るところでは、自身の厳格さに完璧な信頼を抱いている彼女であれば、たとえ私がその乳房を目にしたのだとしても、これくらい当たり前の顔をして、きっぱりとふるまうにちがいない。

セヴリーヌはこの日の午前中、仕事をしなかった。家のなかをぶらついては、あちこちの扉を開けたり閉めたり、人差し指を曲げて家具類をとんとんと叩いたりしていたが、なにごともないようなその顔には、さりげない批判の表情が表れていた。

私には彼女が購入目的でわが家を訪問する真似をしているようにも見えたのだが、しかしいかなる真似ごともセヴリーヌの人格にはそぐわない、となるとセヴリーヌは本気で私の家を買いたいと思っているのかもしれない、と私は一種の憤慨まじりの驚きをおぼえながら考えた。私の観察によれば、彼女は私の家を怖れてはいなかった。ひと気の絶えた上階の部屋たちは、感じよく彼女を迎え入れている。こうしたすべてを、私はいくらか沈んだ気分で見てとった。

その時セヴリーヌが、ヴェルネルのことをおぼえていると私に答える。おおいに驚いたことに、彼女の続けて言うところによれば、彼女はヴェルネルとつきあっていたのだがその後別れて別の男の子とつきあいはじめ、それが現在の自分の夫である、だがみんなもう三十歳になって、そんな事情は遠い昔の取るに足らないお話、というか、起こりもしなかったことのようにも思えると言う。

「ああそうかね、君の夫ね、セヴリーヌ」と私はむっとして言う。「君の夫は郵便局の窓口係どまりでは終わらずにもっと有能だとでも思っているのかね、セヴリーヌ。彼はできる方ではなかった、まったくだめだった。私が思うにね、セヴリーヌ、過去とは尊重すべき確固たるものであって、私が思うに、ヴェルネルとの関係からもう自由になったと考える権利は君にはないのだよ、セヴリーヌ」

だが、自分自身の態度にはっとして気を落とした私は、話を中断してすぐさま詫びの言葉を矢継ぎ早やに繰り出しながら、早くも金色がかった茶色をしたセヴリーヌの目にぎらぎらと光るものを目にして不安に苛まれている。それは高飛車な、純粋な怒りであり、その怒りがもっともであるだけに私は激しいいらだちにとらわれる。

私は昔、自分がセヴリーヌやその夫となる少年の提出物に対し制裁として与えたひどい点数を思い出し、彼らふたりが共有していた特異な性質を思い出すが、その特異性とは、できの悪い生徒がふとした拍子によく顔に浮かべるあの卑しさ、醜さが、彼らにおいてはまったく見られないということであった。ひょっとすると、漠然と感じていたことではあるが、教室中に私が見せつけたふたりの無能という汚物は時おり、不正かつ不可解なことに、私自身を汚すものとなっていたのではなかろうか。非常識な点数という不名誉は、あたかも彼らではなく私に、その点数をわれとわが手で書きこんだ私に降りかかっているかのようなことになってしまい、いっぽう彼らはといえば、その点数を受け取りつつも完全に受け取ることはしない。つまり傲岸に受け取るだけなのである。やつらは、と私はしばしば憤怒に駆られて考えた、芸術家を気どっているつもりで、教師が自分たちのために汗をかいたり、どうにかわかってもらおうと熱を込めるあまり舌をもつれさせるのを見て、ばかにするのだ。

セヴリーヌはベルトにひっかけた電話を取る。顎をそっけなく振るしぐさで豊かな巻き毛をばさりと背中へまわして露わにした耳に電話をつけるが、その耳はごく小さく、穴が三つ開いているのに飾りをつけていたことはない。私は彼女の目尻にうっすらと刻まれた小じわに気づく。なかなかに甘美な衝撃を受けながら、私の視線はセヴリーヌの頬、ゆがみのないすっきりした口、小さな鼻の上に留まり、そして私は考える。同じ人物だろうか。いやそれはそうなのだが、しかし私の元教え子セヴリーヌが十六歳から三十歳になるあいだ、その長い道のりのあいだに私自身の存在がなにひとつとして変化を被らず、年老いて衰える以外に大したことを私がしてこなかったとは、いったいそのようなことが考えられるだろうか。いや、と私はゆっくり独りごちる、それは受け入れられない、そんなことは受け入れられない。

突如として判明するのは、セヴリーヌが——彼女が電話に向かってぶつぶつとつぶやく声のせいで私はぼんやりしてくるのだが――私の妻に話しかけているということだ。「マダム」のあとに続けて彼女が口にする姓は、私が出会ったころの妻の姓である。それからセヴリーヌは電話を切る。うろたえる私の目を突き刺すセヴリーヌのまなざしは、厳しく、有無を言わせず、威厳に満ち、道徳と真実を湛えて冷えきっている。セヴリーヌはそっけない声で、私がかつて家族に対しておこなった悪事のことは知っている、というのもセヴリーヌがうちで働いていると知った妻がそのことを教えてくれたのだ、と言う。その件についてはなんでも知っているのだ、とセヴリーヌは言う。私をじろじろと睨めまわすセヴリーヌは、自分と、自分の正当性を、ほとんど狂信と言っていいほど堅固に信じている。

「いつか私が許してもらえる日は来ないのだろうか、セヴリーヌ」と、不意を衝かれた私はみじめにも言ってしまう。「いつの日か、私が赦しを得ることは、セヴリーヌ、絶対にかなわないのかね」

するとセヴリーヌは、私の犯したことは許しがたいと言うのだが、あらゆる妥協を拒む彼女の、この厳格さからして、あたかも彼女自身が私の過ちの犠牲者であるかのようなのだ。

「なぜあいつと結婚したのかね、セヴリーヌ」と私は尋ねる。「君はヴェルネルとこそ……」

だがセヴリーヌはああっと短い叫び声をあげて私の話を切る。セヴリーヌは、夫のことをこれ以上話してはならないと、そして、もし私がそれをもう一度やろうとしたら、自分のほうは、私の犯した大罪のすべて、悪意に満ちた私の発言のすべてを並べ立ててやる、それについては私の妻が綿密なリストをくれたのだからと言う。

私は完全になす術を失い、もごもごと言う。

「君の知らないことだがね、セヴリーヌ、私は自分のすることや言うことをつねに制御できる状態にはなかったということなのだよ、あの時はだね、セヴリーヌ、状況として……」

セヴリーヌはそんなことはどうでもいいと言う。そして黄色いその目の光が消えていくのを見ながら、私は彼女が正直にそう言っているのだということを理解する、つまり私の行動の理由など彼女にとっては聞く前からつまらないとわかっているし、動機やら発端やらがありうると想定するだけでも彼女はうんざりするのだ。

「妻が君の先生だったことはおぼえているかね、セヴリーヌ」と私は彼女に尋ねる。

セヴリーヌはおぼえていると言う。

「それならば、なぜ君は、私もまた君の先生だったことを思い出そうとしないのかね」と私は激怒して大声を出す。

セヴリーヌがきちんとした声で私に言うところでは、私の妻はすばらしい教師であり、彼女については、教師としての私の妻については、感動的な思い出を持ちつづけているという。

「なるほど、しかしそれはどうもあまり公正とは言えませんよ、セヴリーヌ」

私は薄ら笑いを浮かべるが、心は打ちのめされている。

妻と私がふたりしてセヴリーヌを受け持っていたころ、彼女のことについて話し合ったことはなかったが、それは、妻にとってはセヴリーヌが授業において普通の消極的な生徒にすぎなかったためであったし、私にとっては、セヴリーヌが無言で私を追いつめ、猛烈な敵意によって私の授業を掻き乱していたためである。ところが、妻が私を置き去りにして、残ったのは私自身と、小さな陰謀をあれこれとめぐらす私の家だけとなったいま、いまになって彼女はセヴリーヌを勝ち取るのだ、いまになって彼女はセヴリーヌの記憶のなかのすばらしい場所、特別の場所をかすめ取るのだ、だが妻が意地悪な上にやる気のない教師であることを私は知っている、よく知っているのだ。

いったいなんの目的で、彼女は十五年を経てセヴリーヌと和解しようとしているのだろうか。なんのために私をセヴリーヌから、愚直にしておそるべきセヴリーヌの純粋主義《ピュリスム》から、永遠に引き離そうとするのだろうか。

妻の魂が、あちこちを引っ掻きまわそうと家のなかを小走りに駆けめぐっては、復讐の機会を狙っている。中学校において私の名声ははるか以前から確立されていたのに対し、わが妻の教育および人格がとりわけて評判をとるようなことはまったくなく、私の許から去った時には、嫉妬ぶかい同僚たちからなる小さな共同体の憐れみと賛同を得ようとしたものの、その努力も無駄に終わった。確かにあれ以来、廊下で彼女は決して私と目を合わせない。確かに、時おり校庭で私がふたりの息子のうちのどちらかとばったり顔を突き合わせてしまうと、うっかり私を目に留めてしまった彼の両目にはさっと濁り水のようなものが溜まり、その反応の速やかさがじつに私を傷つけるのだが、ついで彼は踵《きびす》を返すと、脚を少しこわばらせながら、身の毛がよだつ、といった様子で逃げ去るのだ。

「おまえの父親は、腐った肉だとでも言うのかね」と私は時どき息子の背中に向かってどなる。

さらに言えば、確かに私はもはや知らないふりをするわけにはいかないのだ、控え室で私の隣の郵便受けを使っている工学の教師が、現在、わが妻と子どもたちといっしょに、わが家のライバルである新しい家に住んでいるということを。しかし……

「おまえの父親は、そんなに急いで逃げるほど臭うかね」と私は時どき息子の背中に向かってどなる。

私の声はかすれる。父を唾棄するよう育てられた子どもたちは、もはや私にとって別人となってしまった。工学教師は私の妻とともに子どもたちの面倒を見ているが、わが子同然にふたりを教育し、愛しており、時に子どもたちの元気そうな顔色を見るにつけ、また、あちらこちらで拾った会話の切れ端からふたりのめざましい成績を知るにつけ、彼ができる限りよい教育を与えていることがわかるし、しかも彼は私とすれ違う時には、ていねいで、冷ややかで、かつ完璧な親愛の情を示すことを決して怠らないのである。確かに、あとほかになにが言えるだろう。だれに私の不満を訴えられるだろう。私自身はだれに対してもにこやかに慇懃にふるまっている。だれに訴えよう、なぜ訴えねばならないのだろう。私にはただ不公平な気がするというだけのことなのだ、なぜなら妻は私のようにセヴリーヌの将来を心配しているそぶりを見せたことなど一度もなかったのに、いまになってセヴリーヌと同性であること、また私と比較して恵まれた状況にあることを利用して、セヴリーヌが私に向けて気遣いと共感にあふれた公平なまなざしを注ぐことを妨げているのだから。私の心の奥底——そこへ私が降りることはないし、降りたいと望むとすればそれは少しばかり軽蔑すべきことだと私自身思うはずだが、その奥底のあたりに、ある憤激の感情が、腫れもののように嵩を増してきていて、そのせいで私の息は切れ、声は棘を含む。

ヴェルネルは、私の妻が担任教師だった年のことをとてもよくおぼえているし、またセヴリーヌが当時、妻の授業を受けるのにとても大きな喜びを感じると告げたことも、とてもよくおぼえている。

「それはまったくもって意外ですね」と、いらいらしながら私は言う。

ヴェルネルの肘掛け椅子の一脚にゆったりと体をあずけた私は脚を組んだが、そこで、あることに気づいて恐慌のようなものにとらわれた、というのも妻による教育が話題にのぼったとたんに、ヴェルネルの明るく整った顔が不快といらだちにくもったのである。ヴェルネルが私の許へ近づいてきたのは、セヴリーヌが私の家で働いているというただそれだけの理由によるのだということを私は知っている。だが私としては、華やかな大人の住まいである彼の自宅には場違いな私の存在によって、彼がうっすらとした懐旧の情をおぼえながら、彼の悪賢さを私が育てていた時代へと連れ戻されることを期待している、というのもあのころは私のほうが、じっと注意深く私を見つめる視線を感じながら彼の目の前を行ったり来たりしては、わが上背、わが声、わが影響力を見せつけていたのである。ヴェルネルは小さなわが街の郊外住宅地に居を構えたが、周囲にはやはり同じように広大な家いえがひっそりと並んでおり、そこに住む人びとを私はあらかじめ忌み嫌っていた。

「敵陣でなにをしているのかね、ヴェルネル」と最初に来た時、私は言ってやった。

「敵陣?」と、理解できずにヴェルネルは答えた。

「ヴェルネル、君にとってはいつも、なんでもやすやすと手に入るのだね」と、厳しい口調で私は言った。

明るい色をした彼の目に、用心するような、作法をわきまえるような霧がぼんやりとかかったが、彼はこうした霧によって、私の発言のうち発言者に問題のありそうなものから距離を置くのであって、ここで思い出したのだが、彼の担任教師だったころからすでに、ほんのりと霧がかかったヴェルネルの視線を受けることがあると、もうそれだけで一撃にして私は自分の凡庸な出自や、生まれもった野暮ったさを感じてしまうのであった。

「セヴリーヌがこの界隈に来るようなことは絶対にない」と私は機嫌よく言う。

「そもそもこうなったいま、セヴリーヌをどうしようと思っているのかね」

「ぼくは彼女のことが好きで、いっしょに暮らしたいのです」とヴェルネルは静かに言う。

だが私は彼の上唇が震えているのを見てとる。私は戸惑う。彼の口からそんな言葉が出るとは予想していなかった。私は戸惑い、悔しくてむかむかしてくる。

「セヴリーヌは私を待っていてくれるはずだったのに、ご覧のとおり」とヴェルネルは言う、「待ってはくれなかった」

「セヴリーヌは墓場のように陰気だ」と私は言う。「生き生きとしたところがまったくないじゃないか！　ヴェルネル、セヴリーヌはまったくセクシーじゃないよ」

「ええ、セヴリーヌはセクシーではありません」とヴェルネルは言う。

またもや彼の目には蒸気のようなものがかかって、私の愚昧を、卑俗さを少しでも覆い隠そうとする。私はそれを見て辛くなり、胸がはり裂ける思いがする。なぜならヴェルネルは非難されるべきことなど何もしてはいないのだから。目を逸らしながら、私はぼそぼそと話し出す。

「セヴリーヌは怠け者だよ。十五年前から私の本を八冊も借りたままだ。電話ばかりしている。セヴリーヌには優しいところがないのだよ、ヴェルネル。頭がからっぽなんだ。セヴリーヌは敵を間違えるし友人の選び方もまずい。老けるのが早すぎる。あれはもう魅力的な若い娘ではないよ、ヴェルネル。脂肪がついてぶよぶよしてきている。いまよりもいい人生を送る資格がセヴリーヌにあるとは私には思えませんね。結局、あのセヴリーヌというのはいったいなんなのだ。目先も利かないし扱いにくい、つまらん女だよ」

ヴェルネルはいらだってなにかささやきながら、私の座るソファから慎重に距離を保って立っている。私はその時、子どもたちを育てている工学教師はヴェルネルの両親とつきあいがあるにちがいないと考えつく、というのも日曜日のアペリティフの時間に、ヴェルネルの両親の家へあの教師が入っていくのを私は何度も見たことがあるからだ。となると私の子どもたちは、言ってみれば……

「あなたはセヴリーヌを知らないのです」とヴェルネルは断固たる口調で言う。

彼は先だつ数年のあいだに幾度も帰ってきたが、その目的とはただセヴリーヌに会うことだけだった。彼女はパリに行きたがらなかった。一度もパリに行ったことがないのだ。さてようやく長きにわたる学業を終えて彼が完全にパリを離れ戻って来てみれば、彼女は例のマグレブ系の男と結婚していたのである。彼にはそれが理解できない。諦めたくない。そもそもセヴリーヌはなかば公然と、自分の、ヴェルネルのものだったのである。どういうことなのか。マグレブ人が彼女を魔法にかけたのか。諦めることなどできない。セヴリーヌが本当にマグレブ人を結婚相手に選んだのだと信じることなどできない。どういう目的で？　どういう意味があってのことなのか？

「セヴリーヌは、彼のことを愛していると私に言いました」と私は告げる。

「セヴリーヌはぼくには、ぼくのことを愛していると言っていたんだ」とヴェルネルはつぶやくが、その信じ切ったような不気味な様子に私はたじろぐ。

彼はのろのろと頭を横に振る。そして言い足す——自分はパリであらゆるタイプの女の子に会った。だがどの娘にもセヴリーヌのもつ暗い魅力、耐えられるぎりぎりというほどの暗さからくる魅力はなく、この魅力というのは、実人生に身をひたすにあたって彼女がつねに、とりつく島のない生真面目さ、本能的で厳格な他人への要求といったものでできた殺菌装置に身を包んでいるように思えるところからきていて、彼女自身はまったくそのことを意識していない。

「セヴリーヌは君の階級とはちがう」と私はとげとげしい口調で言う。

「それは問題にはなりません、セヴリーヌは修道女なのですから」とヴェルネルは静かに言う。

「ふん！」

嫌悪と憤慨にとらわれた私は、あとほんの少しでヴェルネルの白い床板につばを吐きかけそうになり、なんとか押しとどめる。一瞬にして、庭のほうに見える手入れの行き届いた豊かな葉叢に至るまでが、私の目には堕落と映る。

いま、三人はそろってわが家に来ている、私の家がみずから署名し発行した他愛のない招待状におとなしく従って——というのが、三人がいるのを見た時に私の考えてみたことなのだが、それというのも彼らが私ひとりの頼みでやって来たとは想像できなかったからである。わが家が策謀をはたらく能力をもっているならば、時には偶然、その策謀が私の望む方向と一致することもありうるではないか。

来ているのは私のかつての生徒たち三人、すなわちセヴリーヌ、マグレブ系の男、ヴェルネルであるが、私の目に映る彼らはまだあまりにも若いので、いまやこの三人が、彼らの教師であったころの私と同じ年齢に達しているとは信じがたい。彼らはどのような感謝の気持ちを私に表してくれるのだろう。なにひとつ、なにひとつ言ってはくれないだろう、と私は考えつつも、その考えを完全に認めているわけではない。前日に私は道ばたで息子ふたりが乗馬服姿でいるところを見かけてしまい、その出で立ちとその意味するところに憤激するあまり、権利もないのに、あやうく妻と工学教師の家まで行って呼び鈴を押した上で、よい教育なるものをそこまで臆面もなく推し進めることについて私がどう思っているかを申し渡すところだったのであり、そのせいで、私はなんとなくヴェルネルよりもセヴリーヌとマグレブ系の男のほうに近い位置に立っている。

ヴェルネルが居間に入ってきたのを見た時、セヴリーヌの顔は驚きにゆがんだ。彼女は身を守ろうとするかのように電話を取る身ぶりをしかけたが、諦めた。だれに電話で助けを呼ぶつもりだったのだろう、と私は自問する。私の妻？　セヴリーヌに対する敵対感情が私の口のなかで凝固し、苦くべとつく小さなまるい粘土の塊となって喉に引っかかる。それからセヴリーヌとマグレブ系の男は、まるであらかじめ相談しておいたかのようにぐっと肩をそびやかす。ふたりの顔だちは似かよっている。ふたりとも威張るようにすっくと立っていながら、自分たちが尊大であることに気づいていない。

ヴェルネルはセヴリーヌに近づこうとするが、二メートルまで近寄ったところで恐怖にとらわれて歩みを止める。ヴェルネルを見つめるふたりは、戸惑うような、ほんのわずか不愉快そうな、はねつけるように高飛車な様子をしている。ふたりの顔だちは似かよっており、つつしみと近づきがたい道徳性が、きっかりと刻印されている。

「セヴリーヌとそのご主人は、どうもわれわれと同じ世紀には生きていないような気がしますね」と私はヴェルネルに言いながら、社交家風にふふっと笑ってみせる。

「セヴリーヌ、君のためにに戻ってきたんだ」とヴェルネルは言う。

「この青年はだね、類まれな……」と私は、ともかくもヴェルネルを売り込むべく言う。

しかし、だれひとりとして私のかぼそい声を聞いてはいないし気に留めてもいない。私はもはやどこにもいない。私の家は私の所有物すべてを含め彼らのものなのだ。私は控え室で工学教師の苗字を大声で叫ぶことがあるが、その時にもいまと同じことが起き、その教師は愛想よく問いかけるような様子で私のほうを振り向くのだ——その時私はといえば、すぐさま哀願するような調子でつぶやいたではないか、あの、すみません……と。あるいはこうも言ったかもしれない。失礼ですが、お尋ねしたいことが……

ヴェルネルは感情を抑えきれず、真っ赤になって緊張している。淡い水色の上等なシャツを着てきたのだが、首のあたりが少々きつすぎるようだ。セヴリーヌとマグレブ系の男はしっかりアイロンのかかったスポーツウェアを着ている。ヴェルネルの右足が、わが床板の上で昂ぶったリズムを刻んでいる。

ここでセヴリーヌがヴェルネルに向かって、あなたの帰還は自分にとってどうでもよいことだと言う。ここにいる別の人と結婚した、これでよかったし完璧だ、と彼女はヴェルネルに言う。セヴリーヌはそうしたことを、自信に満ちた冷たい声で、残酷なことをするつもりもないままにヴェルネルに向かって言う。がしかし、いったいこんなことが我慢できるだろうか。セヴリーヌとマグレブ系の男は肩と肩を寄せ合い、似たような顔つきで、根拠のない優越感を露わにして、勝手に私の家を末永く占有してしまうつもりでいるのだ。

私はこぶしを突き出し、セヴリーヌに飛びかかる。彼女はあとずさり、よろめくが、倒れはしないし声もあげない。セヴリーヌは力強いのだ。マグレブ人は私を羽交い締めにして床へ投げつける。何回か私を蹴るが、その蹴りは慎重で自制が効いていて、蹴られている私は、まるで別の時間、別の時代からやってくる音のようにしてヴェルネルの神経質な叫び声を聞きながら、このふたりに敵対し彼の味方であるかのごとくふるまうとはなんという間違い、判断力不足であったことかと思いをめぐらせ、また同時に、この程度の制裁よりもずっと多くのことをされなければ私は死ぬことができないのだろうと考えて、はてしなく残念に思う。これよりもはるかに多くのことがなくては。

私は叫んだらしい。

「私の家をやろう！　子どもたちをやろう！　なんでも持っていけ！」

私の腸がごぼごぼと鳴る。この不快な音が私の声を掻き消してはくれなかっただろうか。セヴリーヌがいらだたしげに、私のせいでたぶん鼻の骨が折れたと言い放つ。ヴェルネルに向かって、氷のような冷たさで、触らないでと言う。

「あのマグレブ系のやつを始末してやらないといけないな」とヴェルネルは言う。

「私を、始末しなくてはいけないんだ」と私はつぶやく。

「あいつを消さないといけないんだ！」と血迷ったようにヴェルネルは絶叫する。

彼は、わが家の大きな荒涼とした居間の片隅に身を投げると、膝のあいだに頭をうずめて唸りだす。私のことなど気にもかけていない。昔の先生のことを気にかける者などいるだろうか。生徒たちというものは、と私は考える、三十歳になってまで青春の荒波に揉まれているつもりでいるくせに、昔習った教師のほうはずっと前から同じ学校にいる以上、劇的なことや人のうらやむようなことなどひとつとして体験しないのだろうと思っているのだ。

私はソファによじ登る。骨があちこち痛む。ヴェルネルはひくひくとしゃくりあげながら、思っていた以上に自分は裏切られていた、裏切ったのはセヴリーヌだけではない、マグレブ系のやつも自分を裏切ったのだ、人の居場所だと知っていながらその場所を横取りしたのだからと言う。そうだ、セヴリーヌは自分を裏切ってはいない。マグレブのやつが彼女を奪ったのだ、征服したのだ、だからセヴリーヌにはもう……。彼女の自由な判断だとか、意志だとか、そういったものはもう……

「彼女の夫は郵便局で働いているのだよ」と私は言う。

ヴェルネルはうううとうめき声を長く引き伸ばして軽蔑を表すが、これが私の神経を逆なでする。だいたい結局のところ、これはいったい本当のことなのか。そもそもこんなことがすべて、いったい私になんの関係があるというのだ、だれもかれもこれほどまでに私の忍耐と理解と自己犠牲のおかげを被っておいて。

「おまけに貸したまま返してもらっていない本が何冊もあるんだ」と私は言う。

「あいつを始末しなくてはだめだ！」とヴェルネルは吠える。

彼はその先を言うだろうか。その重い使命をかつての担任教師の手にゆだねるだろうか。

私はヴェルネルをできるかぎり遅くまで引き留めるが、それはわが家にひそむ暗闇が、たちの悪いあざ笑いを浮かべ出す瞬間を怖れてのことだ。私にはもはやなにも残ってはいない。疾風のごとき来訪を通じて私が理解したこと、そしてセヴリーヌがよそよそしく冷ややかな声によってヴェルネルと自分たちふたりとのあいだにきっかりと境界を定めた空間、乗り越えることのできないあの空間が私にとって意味するところ、それらすべてが私に向かって述べ、知らせ、高らかに鳴り響かせたことは、以下のとおりである、つまり私には、子どもたちがくだらない衣装を着込んで馬にまたがるのを引き留めたりすることはできないし、わが家にだれかしらを呼び戻すきっかけを作ることも決してできない、また失寵と絶望とが表立たずに済んでいたあの時代は二度と戻ってはこない――それにわが妻と子どもたちはいまや野心というものを抱いていて、三人の味わっている喜びの数かずは私の存在とはまったく切り離されているし、三人の抱く欲望の数かずは、きっと、たとえ私がずっと前から死んでいたとしてもまるで変わりはしないのだ。ああ、すべては過ぎ去った、と私は考える、すべては私の知らないあいだに起きてしまった。実際、私はひそかに望んだではないか。ある晩、中学校から帰ると、そこにいるのはセヴリーヌの敵意を含んだ巫女のような姿ではなく、もしや明るく照らし出された居間に三人そろって、妻とふたりの男の子たち、すなわちわが家の真の主人たちがいるのではないか、と。セヴリーヌをうちに雇ったからといって私の寂しさが紛れることはなかった。セヴリーヌがいるというただそれだけのことによって、もはや二度と若くはなれないということ、そして同時に、自分が許されることは、二度と、どのようなかたちであれ、ないのだということを、私はたえず思い出さざるをえなかったのだ。

こっそりと郵便局に進みいると、忘れていた些事が記憶によみがえる。セヴリーヌの夫はジャメルという名だった、とわかったのは、彼が憐れみに満ちたまなざしを私に向けた時である。そのまなざしによって、と私は自分のなかで彼に向かって言う、おまえの刑は確定した。

それは中学校からほど近く、街の外れのあたりにある、こざっぱりした小さな建物で、私が呼び鈴を鳴らすやいなや、かわいい少女が用心深そうな目つきで扉を細めに開ける。彼女は靴を脱ぐようにと私に求め、私が敷居のところへ靴を置くと、ぱっとその靴をつかんで家のなかに入れ、きれいな靴はすぐ盗まれてしまうから、と説明する。私は彼女に質問する。

「君はジャメルの妹かね。お母さんはどこだね。お父さんは？　学校ではきちんと勉強しているかね。先生は君の成績についてなんと言っていますか」

靴下でつるつるとすべりながら食堂まで行くと、そこは念入りに磨き込まれたごく小さな部屋で、さまざまな花や額に入った写真に埋めつくされていたが、その数かずの写真のなかにセヴリーヌの夫の姿がいくつもあるのを私は認めた。テレビを見ていた女性が、私が入ってくるのを見て、立ち上がってテレビを消す。彼女はあいまいな微笑を浮かべて、ジャメルの昔の担任教師であるという私の自己紹介を聞き、女の子のほうへ振り向くと通訳してもらい、ふたたび私のほうを向いて、愛想のよい、陽気と言ってもいいような表情を見せる。彼女はテーブルのところへ座るよう私に手ぶりで示すと、反対側、つまり私の正面に腰を落ち着け、くもりのない期待をこちらへ向ける。私は胸の詰まる思いになる。なんとあわれな女よ、と私は考える。ため息をついたりあくびをしたりしながら、それでも無理してなんとか母親に笑いかけようとする。彼女の黒髪が両の頬に沿ってつやつやと光っている。心静かに、底意のかけらもなく、彼女は待っている。ようやく女の子が部屋から出て行くと、私は母親のほうに体を寄せ、涙にうるんだ目でしっかりと相手の顔を見据えて、彼女の息子の身になにが起きようとしているかを知らせるが、そのあいだじゅう、穏やかに微笑しながら、彼女は先生に頼りきった様子で、うんうんと軽くうなずきつつも、意味はわかっていない。

ブリュラールの一日
Une journée de Brulard

つまりブリュラール、エヴ・ブリュラールは、なるべく朝早くにベルリーヴ・ホテルから姿を消したのだ、あたかも自分の歩むべき方向を、精確に、確実に、知っているとでも言うように。

知らないのだった。あまりにもわからないので、湖のほうへ行こうと決めた左足に右足が逆らおうとしたらしく、そのまま何秒か出口付近で足踏みしてしまい、湿りを帯びた冷気に身を縮めた、けれどもまだ眠りから抜けきらずうとうととしているために薄手の上着の襟を立てるだけのことをするのもおっくうで、夢から醒めかけているようにぼんやりと考えた。もしお金が着いていたら、午前中のうちにコートを買ってしまおう。それなら、ほんの少しでも寒さがましになるようにと、この上着の襟を立てたり袖を引っぱったりしてはいけない、でないと自分を幸運へと導いてくれているなにかの力に向かって、この薄い上着さえあれば充分なのだと――したがって、金は必要ないのだと示しているかのように間違って受けとられてしまうかもしれない。上着さえなく寒気に晒されているかのようにふるまうほうが得策だろう。

ブリュラールのもといた場所に比べて、ここはおそろしく寒い。おそろしく寒い、と彼女は考え、こわばった微笑をガラス扉の向こうに見える夜勤の受付係に投げかけたが、彼は日中の受付担当にカウンターを明け渡そうとしているところで、その日中の受付係はいつも疑うような、探るような目でこちらを見るので、ブリュラールはその視線をなんとかして避けるべく、しっかりと顔を上げてフロントを通りすぎるのだった。はじめからすぐに感じたのだが、そう見せようとする彼女の努力の甲斐もなく、その男は彼女のことを魅力的とも落ち着いているとも思っていなかった。だから彼女は明け方に部屋を出るようになり、眠り足りない体のあちこちを眩暈のように苦痛が駆けめぐるのを感じながら、ようやくのことでベッドから起き出すと、なんでもないように夜勤係の前に現れて、湖の色やら霧のことやらについていくらか言葉を交わすのだが、そうしながらも先ほど部屋でやつれた顔の上から慌ただしく、いい加減につけてしまったファウンデーションとゴールド系のパウダーとラメ入りの口紅のことが気になって心が痛み、それでも夜勤係が今朝もまだ気づかないでいてくれればと願っていた、少し擦り切れて光ってきた黒い服が毎日同じものだということに、それに化粧のおかげでそれなりに無個性で完成された調和に達しているつもりの顔が、どんよりとした疲労の跡を留めていることに。

とはいえ、と氷のように冷えきった歩道に立つブリュラールは思った、とはいえ夜勤係にはやはりわかってしまったかもしれない……。なにがわかったのだろう。怪しい客とは思われたくない。感じのよい女性だと思われたい、少々高級なホテルの宿泊代くらいわけなく払える程度に余裕があると思ってほしい、ちょっと個性的で無造作で、澄ました女に見えていてほしい。ここの人たちはひとりとしてブリュラールがだれなのか気づいていなかった。疑うことにも飽き飽きしたような日中の受付係の表情からも、夜勤の見せる穏やかな無関心からも、ブリュラールを前に見たことがあると思い出した形跡は少しもうかがえない。

どうでもいいことだわ、と彼女は考えた。ホテルの出口と道路のあいだに立ちつくしてがたがた震えているのに、疲れのあまり体が麻痺して朦朧としてきているせいで、寒いのは自分自身なのだという自覚もあまりない、それよりは自分の姿かたちを切り抜いたボール紙が、未曾有のスペクタクルの会場を示す目印としてホテルの前に置かれているのだという気がしながら（けれども自分のささやかな栄光はそこまで派手に姿を晒すような機会をもたらすことはなかったし、こうなった以上は今後も決してそんなことにはならないだろう）、彼女は力なく、行き先を湖のほうに決めた。暖まろうとして地面を蹴りつける足には、総《ふさ》飾りのついたヒールの低い茶色のウォーキングシューズを履いている。こんな靴を履くまでに落ちぶれた、そう思うと、やりきれないと同時に驚き醒めやらぬ気持ちになる。

頭上になにかの存在を感じて、道路に面した二階にある自分の部屋の窓へと目を上げると、エヴ・ブリュラールが窓枠に肘をついて心配そうに自分を見守っていた。窓際のエヴ・ブリュラールは二十歳そこそこだった。なにが心配だというのだろう。

ブリュラールが不満をぶつけるように、厳しく「チッ、チッ」と歯の隙間から音を立てると、若きエヴ・ブリュラールは湖からのぼってきた霧のなかへと消えていきながら、恐怖のためなのか嘲罵なのか、短い叫び声を上げ、訴えかけるようなその鋭い声がブリュラールの耳をつんざいた。よかった、自分以外の人にこの声が聞こえなくて、と彼女は考えた、それは蛇女の放つ金切り声のようなおぞましい叫び声だったが、それでもその声の到来は、彼女にとっては、いつも変わらず理解と思いやりの印を帯びるのだった。けれどそれならばなぜ、若きエヴは心配そうな顔をしていたのだろう、いまのブリュラールには、心配なことよりも喜ぶべきことのほうが多いはずなのに。それに、近ごろでは時と場所とを問わず、かつての自分である若い女がなにかにつけて現れるのを目にするのもだんだん辛くなってきた、とくにこちらが望むわけでもなければ、なにか明確な教えを授けてくれるわけでもないのに、目を閉じても逃れることもできないまま、いつ出てくるかわからないこの女友だちの相手をさせられるのだから、まるで得体の知れない脅しを言葉によらず被るように、悔いや祈りや弔いの言葉を甘んじて受け入れるように。ブリュラールは、こんなことはできることなら終わりにしたいと願った。日によっては、あまりに何度もその顔と出会うので、いまの自分はちがう顔をしているということを時おり忘れてしまい、ふと鏡の前へ来ると、一瞬考えこんでしまうのだった——もう大して若くもないこの女はだれだろう、この女はなぜ、私のもっているはずの輝きを隠そうとするのだろう。

ホテルを回りこむと、すぐに湖畔へ出た。今朝の水は灰色で、濃い霧が対岸の家いえを覆いつくしているので、疲れのあまり呆然としているブリュラールには、夜明けが永久に終わらなくなってしまったような、朝焼けがそのまま宙吊りになって鋼色の湖の上にもわもわと霧を広げたまま二度と引かなくなってしまったような気がして、しかもその目的はひたすらブリュラールの生命力を吸いとることなのだ、と思い、気持ちが滅入った。

というのも、いまはまだあまりに時刻が早くて、なにもすることがなかったのだ。どこへ行けば、なにをすればいいのだろう。カフェもまだ開いていない。銀行はといえば、二重ガラスの扉を押しながら、あらゆる希望を払いのけようと努め、むっつりした退屈そうな表情を顔に貼りつけるその時が訪れるのはあまりに遠い先のことに感じられて、考える気にさえなれなかった、ただ、高い所から飛び込むように、嫌な考えのなかに一気に落ちこんでいくその瞬間、これまでにあった嫌なことや無駄になった時間のすべてを思い出してしまう瞬間がやってくるのを怖れるばかりだった。

そうは言っても、自分には喜ぶべきことのほうが多いはずなのに……。けれども、この湖の畔にひとりきりで過ごすあと何日かの日々をどうやって乗り切ればいいのかというそれだけのことさえ、ブリュラールには想像もつかなかった。

ゆっくりと歩いていると、靴についた総飾りがやわらかい革の上で跳ねるのを感じる。この靴は、自分のものの考え方が微妙に不健全な方向へ変化しつつあることをなにげなく告げる予兆のようなものだ、なにしろこれまでの人生にも、むしゃくしゃすることやがっかりすることはあったけれど、それでもみずから進んでウォーキングシューズを購入したことなど、一度もなかったではないか。先週の土曜日、電車を降り、ホームに残った泥まじりの雪を見て、いま履いているサンダルだけでここに滞在するのは無理だと観念し、最初に目についた店に入って低めのヒールのついたモカシンを選んだその日、自分がいわば家から逃げ出したあの四月のある土曜日（とブリュラールは考えた、実際には逃げださねばならなかったわけでもなければ、だれも彼女を引きとめたり、引きとめようと試みたり、ましてや引きとめることが可能だとか望ましいとか考えてみたりしたわけでもなかった)、その土曜日がやってくるまでは、あからさまに快適さ、目的あっての移動、良きおこないのために作られたこのような靴に、彼女はいつでも猛烈な反感を抱いていたし、その反感とは、趣味のよさなるものの命ずるところに対する、自由意志の側からの条件反射のようなものだった。カトリック信者のおばさんが履く靴、とブリュラールは考え、ルルを置いてきた罰で自分はこんな奇妙な恰好をすることになったのだと考えて、いたたまれない気分になった。しかし、もしかしたら、そういうことではないのかもしれない。もしかしたら自分自身、だんだんそんなふうになっていくのかもしれない……。

　ブリュラールは、背後で山が自分を見つめているのを感じた。雲にすっかり包まれてまだ目に見えない山は、湖のところまで裾野を広げている。どの方角を向いていても、山の存在を感じとってしまうブリュラールには、この厳格な山は、死んだばかりの母親が乗り移ったものなのではないか、そうやって山に化けることでブリュラールの良心にのしかかろうとしているのではないかという気がした。でも、いいの、見張られていることなんてどうでもいい。自分は新たな幸福に向かってしっかりと歩き出しているのだから。

　どうして、とブリュラールは自分に問いかけた、こうやって現実にひとりでいるのに、どうしてこの思いがけない孤独という稀有な状況をたっぷりと味わったり、なにがしかのかたちで享受したりするだけのことがこれほど難しいのだろう、そうするどころか、自分がいま思わずしていることといえば、ウォーキングシューズをじっと見つめるあの視線を避けようと、軽く顔をそむけることなのだ、視線の主は若きエヴ・ブリュラール、今度は湖に面したベンチに座り、着ているバラ色モスリンのドレスは常軌を逸した代物で、卵形の乳房や、褐色の小さな肩や、細くて丸い腰がはっきり透けて見える。顔をそむけたと思う間もなく、ブリュラールはついで顔を伏せる、少しずつ引いていく雲の向こうから、雪をいただいた山塊が現れるのを目にしてしまわないためだ、引いていく雲はだんだんガーゼのようなものに変容する、あのドレスのバラ色の生地みたいに、あのドレスの……。

　山のほうがこれほど見せつけがましく、敵意に満ちている以上、静かな水面のほう、あの魅力的でうっとうしいエヴ・ブリュラールの姿が消えたベンチのほうに目を向けておいたほうがよさそうだった、それにしても、目ざとい彼女は総飾りのついた靴を見逃しはしなかった——あの時、すべすべした彼女の顔に、憐憫の情は兆していただろうか。情けと怯えとに彩られた非難の表情は？

ブリュラールは、瞼が重いのを感じながら、ベンチに座っていた。片頬が肩につくほど首をかしげ、両腕でぎゅっと膝を抱えこんだ。寒さのせいで体が痺れ、眠りへ、意識喪失へと引きずられていく。自分がエヴ・ブリュラールだったらと想像してみた、自信にあふれ、しなやかで、二十歳にふさわしい棘を含んだ批評精神を見せてまばゆく光っていた彼女の目になって、自分の姿を見てみようとした——ウォーキングシューズは、ひとまず措くとして。ブリュラールを見たときに、人の目に映るのはなんだろう。穏やかそうな、痩せた女、肌の色は暗く、黒髪は短く切り、暗い色のジャケットとパンツは合っていないし両方とも少し擦り切れて光っている、目は大きく、おどおどして、しぶとそうで、そして唇には震えるような、かすかな苦みが走り、うれしいことがあっても驚いたりすることもだんだんできなくなってきている、そんな女だろうか。それとも、目に映るのは、性別があいまいで、背が高く、がっしりして、顔は立派で厳めしく四角ばり、顎は言いくるめ成り上がることを飽かず求めている、そんな人物だろうか。ブリュラールは、自分が確かに時としてそんなふうだったと思う、ハイヒールのおかげというより、野心と自信のおかげで大きく見える彼女のそばでは、平均的な背丈にウォーキングシューズを履いた人びとは、まるで自分たちが美徳と見なすものの内側に縮こまった、出来そこないの人間のように映った、反対に彼女のほうは、ふわふわの金髪に脱色した髪の毛を、顔全体を取り巻く後光のようにていねいに梳き広げ、肩を誇らしくそびやかし、首をいつもまっすぐに伸ばしていたのだった。いま人の目に映るのは、ふたりのブリュラールのうちのどちらだろう。愛されたのは、好まれたのは、どちらだったのだろう。金髪で大柄で、少しは人に知られたブリュラールか、それとも、細く小さくはなったけれど、内にこもった重々しい恍惚、そしてひびの入った情熱を、それでも迷いなく執拗に湛えたブリュラール、自分の姿が映るたびに見てとれるそんな表情をした現在のブリュラールか。好かれるべきなのは、必然的に後者ではないのだろうか。四十代のエヴ・ブリュラールのふたつの可能性から選ぶとすれば。真摯さの名においては、そうであるはずだ、真摯さといっても自分にとっては謎めいているけれど（というのも、現在の自分の本当の顔が自分自身とどういう関係があるのか自分にはわからないし、そのわからなさを思うとまごついて、ぼんやりしてくる）、ともかくその真摯さが、野心たっぷりの贋の金髪や、顎をつんと上げた少し気どりすぎの顔に含まれていたかどうかというと、それは不確かな気がする。

ブリュラールは、貪欲な金髪ブリュラールへの好意を胸のうちに秘めていた、のしあがり成功する方法を間違い、体を賭したわりに凡庸な結果しか得られなかった女ではあったけれど。ブリュラールは、この短期間のあいだに自分がそうなってしまったらしい、自然体で飾り気のない女に対して、少し軽蔑を抱くくらいだった、真新しい幸福に向かって駆け出し、それがもうすぐ手に入るところで、そんな自分を罰するべく最初に目についたウォーキングシューズに飛びついた女。かつての輝かしいブリュラールなら、あえてわが身を痛めつけようなどという考えは起こさなかったはずだ、少なくとも、人生になにかすばらしいことが起きるというなら激しい苦痛に身を晒してもいい、などという理由で自分を苦しめることは絶対になかっただろう。

それにしても、とにかくいまの自分は、どうしようもなく疲れている。

いまや太陽がすっかり昇って、湖をふたたびあのコバルト・ブルーに照らしていた、この色は汽車から降りたとたんにブリュラールを怖じ気づかせたのだが、彼女はすぐさま自分の物語の成りゆきを、文字どおり完璧に素直なこの青い色のもたらす予感に委ねることにしてしまったのだった。どうか、と彼女は考えた、私の進んでゆく先も、この色と同じように……。

どうしようもなく疲れている。

目を細めたまま、ぎょっとして飛びのいた。温かく乾いた鼻づらが、だらりと垂れさがった彼女の手に触れたのだ。毛が汚れてくすんでいる気色の悪い子犬が、くしゃくしゃになった紙きれを口にくわえている。ブリュラールはほほえんだ。いままで見たなかでもっとも醜い、もっとも見た目のさえない犬だった。彼女は指先を差し出して、おそるおそる撫でてみた。犬は指を舐め、紙きれは地面に落ち、ブリュラールは最初は気づかないふりをしていたが、ついで少しそそっかしいくらい、あたふたとその紙を拾いあげた。やはり、犬がくわえていたときに目についたような気がしたとおり――「ハスラー」という言葉。愚かしいほど顔が赤らむのが自分でわかった。ランニングをする人の姿が視界に入り、ブリュラールは犬の主人だと思って、靴の爪先でそっと動物をその人のほうへ押しやった。白と金の豪奢なウェアに身をつつんだランナーは、ベンチのほうには一瞥もくれず、乱れた調子で小幅に足を踏み出しながら遠ざかっていった。屁の臭気が走った跡に漂っている。

ブリュラールは両手で頭を抱えた。あの言葉――「ハスラー」――が紙に書いてあった――そんなことがあるだろうか。これは吉兆なのか。それとも、あの山から下された怪しげな贈り物なのだろうか。その山は、日が昇って霧が晴れたいまとなっては、ブリュラールには見えないふりをすることもできなくなっていた、山はブリュラールの背後ばかりか目の前にもあったのだ、向こう側の岸辺すれすれの水上に――まだ頂上付近に雪が残る山は、いまや間違えようもなく、顔だちも、表情も、ブリュラールの亡き母、ベリー地方の故郷の村での呼び名で言うならブリュラールおばさんに似ていた、まるで下手な贋者か、愚劣な変装みたいに似ていた。あの人だ、母だ、過ちを犯すことなど決してなかった母が、この先いつまでもブリュラールを観察し、黙って非難しつづけようとしているのだ。ここでは山、あそこでは道、あるいは丘――どこにいても、必ず。

かまわないわ、とブリュラールは考えていた。

眠ってしまっていたのだろうか。明るく冷たい陽光が、座っていたベンチを浸している。羽振りのよさそうな一団が散歩道をぶらついている、毛皮のブーツ、パステルカラーのダウンジャケット、ウィンタースポーツにぴったりの子どもじみたエレガンスそのものの衣装に、ブリュラールは面食らった、自分はといえば、古びた黒い服に身を包んで、子どもたちの大事なお祭りを邪魔しに降り立った意地悪な妖精みたいだ。眠ってしまっていたのだろうか。十一時近い。銀行の開店時間を逃してしまった、急がないと正午までに間に合わない。足を踏んばって立ちあがると、ふらついて、そろそろと座り直した。

自分がだれだか気づかれたかしら。

焦りと覚悟の気持ちで、頭がぐらぐらしてくる。ここにいるだれが、自分とあの山とのあいだに取りわけて親しい関係があることを知っているというのだろう。あの山が本当はだれであるかを自分が告げたなら、太陽と金銭の祝福を受けたこの人たちの顔という顔は突然の驚きにゆがむだろう、と想像すると、彼女の口許に微笑が浮かんだ（自分たちの金のかかった山のなかに「ブリュラールおばさん」などというものが控えているとは、なんと俗悪な、と彼らはすぐさま思うだろう）、だがしかし、とブリュラールは考えた、もしかすると——これらのバカンス客の一人ひとりに実はそれぞれのブリュラールおばさんがいて、人によって異なる呼び名をこっそりつけているのではないだろうか、おばさんにあたる一人ひとりがそれぞれに山の姿かたちをとって、相手を見張ったり審判を下したりしているのではないだろうか、そしておばさんにあたるだれかのほうは自分ひとりきりしかいないと思っているし、バカンス客たちのほうも、ブリュラールと同様、相手はひとりきりだと思っているのかもしれない。

ブリュラールは正午近くにホテルへ戻ってきた。失望のせいで、かえって失うものなどないという大胆な、興奮した気分になっていた。小切手帳を出し、これまでに身につけたあらん限りの手管を弄して威勢よくにっこりとほほえみ、カウンターに向かって進みつつ、先ほどこの絶望ゆえの果敢さを発揮できなかったがために、銀行から出てきたあと、必要なはずのコートを街で買ってしまえなかったことを後悔しながら受付係の目の前に肘をつくと、赤みを帯びてきらめいているように見える冷えきった顔を少し突き出すようにして言い放った。

「すみません！　今日までの三日分をお支払いします」

同時に身震いし、奇妙な昂揚をおぼえながら考えた。この小切手は、受け取ってはもらえないだろう。

表情を変えない男のほうへ、犬から取りあげた紙を押しやった——自分で皺を伸ばした、薄黄色の紙きれ。

「リオ座で私の出た映画がかかるんです……。ほら……『クレール・ハスラーの死』」

さらに強くほほえむと、顎がなんとなく痛くなった。落胆による心の揺らぎが人を希望から苦悶へと突き落とす瞬間は、どの時点でやってくるものなのだろう。自分がふらふらしているのを感じていたが、その振動が彼女に電流を送り、弱気な心を払いのけてくれた。

「ほら、ここ……。そう、これに出てるんです」

「ああ、この映画。観ました」と受付の男は言った。

彼はブリュラールの小切手を、無礼にもじろじろと眺めた。青白くて冷やかな、金髪の若者で、ブリュラールが着いた時から、と彼女には思われたのだが、まるで、こいつの正体をそのうちに見破ってやる、必ずその時がくると辛抱強く待っているかのような態度で彼女を扱うのだった。

「お気に召しました？」と、ブリュラールは軽い息切れを感じながら聞いた。

若い男は彼女と目が合わないようにしていた。いっとき、やや彼に接近しすぎているブリュラールの顔をぴたりと見ると、わざとらしくその目をぎらぎらと光らせてから、投げやりに言った。

「さあ。あなただとは思いませんでしたけど」

「だれが？」

「あの女の人、あの……脳みそをいじられる人」と、ためらいつつ彼は言った。

「映画のなかの。あなたには見えないです」

「私じゃないわよ」とブリュラールは親しげな大声を出し、急にこの青年から愛想のよい態度を引き出したくてしかたなくなり、わかっているくせにとでも言いたげにちょっと笑いながら首を横に振った。「もうひとりのほうを演ったんです、ヒロインのお姉さん。ほら、あの、とっても明るくて、とっても気が強い」

けれども彼は、その人物についてはなにも思い出せない、ひとつだけおぼえているのは、ときわめて不愉快そうな口調でブリュラールに述べた、黄色いスカーフだけです、ほどけて、自動車のドアに挟まってしまう。

「ええ、それで合ってます」とブリュラールは小さくつぶやいた。

するとと、自分にとっては話が終わったというので若い男は背中を向け、ブリュラールのほうは体を凍りつかせて、発作のようにこみあげてきた激しい戦慄に耐えながら、一日の残りをこれからどうやって過ごせばいいのだろう、と自問し、わなわなと震える疲れた顔を、いわば自分自身のほうへたぐり寄せることで、距離を置くような気の入らない態度によって青年の周囲にまるく引かれた冷たい軌道の外側へ、ぐずぐずと退散した。機械的に、彼女は頬や額を触った——すると、このしぐさが知らず知らずのうちに呼んでしまったらしい、若く執拗なエヴ・ブリュラールが、カウンターの向こうにいる受付係の位置に陣取り、内輪にだけ通じる猥褻な合図を送ってきた、あいかわらずバラ色のドレスを通して体が透けて見えるのだが、そのドレスはいまやほうぼうに皺がつき、裂け目が入っている。底意地が悪い、というか、少なくとも嘲けるような下品な態度を取る彼女を、ブリュラールははじめて目にした。怖くなって、追い払おうと手を振りあげると、若い娘は当てつけがましい冷笑を放ちながら消えた。若者は振り返った——ブリュラールの指は、意図せず彼に当たってしまったのだろうか。触ってしまったような気がした、自信はないけれど。ひどく顔を赤らめて、叫んだ。

「ごめんなさい！」

彼は、あらゆる表情を意識的に排除した目つきでちらりと彼女を見た、ということは、モスリンをまとった半裸の娘が先ほど立てた身のすくむような鋭い叫び声は、やはり自分にしか聞こえなかったということなのだろうか。だれが、いま——そんな気がブリュラールにはするのだが、絶対に確かめたくない、自分が目をあげればそこにいるエヴはきっと待ち受けていたようにまた叫び出すから——切り子細工の大きなシャンデリアのまわりを、大きな円を描いて飛びまわっているのだろう。自分、ブリュラールには、バラ色の生地のさらさらと鳴る音が、こんなにはっきりと天井のほうから聞こえてくるし、ばかにするように唇を鳴らす音が自分に向けられているのも聞こえる、でも見ることはできない。もしもこの娘が面白半分にこの若い男のほうを挑発してくれたなら、そうすればブリュラールは……。

べろりと舌が手を舐めた、それはまたもや、あの見るも汚らわしい栗色の犬、ぺしゃんこの鼻に長めの耳、ありえないような交配の賜物、さきほど湖畔で出会った犬だった。素直に、おとなしく、無私の愛情を込めて、犬はブリュラールを見つめている。うす汚れて、吐き気を催すような悪臭を放っている。

「なんですか、これは」と、カウンターの向こうの受付係がぶつくさと言った。

「あ、そいつはぼくのです」とジミーの声。

「あら、あなた、犬を飼うことにしたの」と言いながら、ブリュラールは愕然とするあまり、あははと笑い出した、信じたくないときの、苦しい笑い。

犬がジミーの飼い犬だったとわかったことのほうに、むしろ衝撃を受けているような気もした、自分の夫がここに、このホテルにいるということよりも。あんなに遠く離れたと思っていたのに、ふたりにとってそれぞれ前とはまったく異なる人生がはじまったと思っていたのに、あの先週の土曜日、逃げようという思いつきと逃亡そのものが、二時間あるかないかのうちに一挙に起こり、その二時間のあいだに、息を切らせながら、こっそりと携帯から携帯へ短い通話をこなして、ホテルと湖と銀行を決めたのに――なのにいまブリュラールは、憂鬱にひたりながら、電話をかけたあの瞬間が、もはや過去のものになってしまったこと、無茶な若者のつもりになりきって味わったどきどきする企みの時間が終わったこと、消え去ってしまったことを悔やんでいた。

いきなりジミーがここにいることになった以上、ブリュラールが激越な感情に身を任せたことも、意味をなさなくなってしまったのではないだろうか。

「ルルはどこにいるの」と、疲れはてたようにブリュラールは訊いた。

「バカンスでアルフォンス家といっしょ」と、ジミーは早口で答えた。

驚きと不快に、口が引きつった。この動物のことをジミーにもっと話してもらおうと、犬の頭を軽く叩いてみせたが、夫は黙ったままだった。自分を見つめる明るい色の目に、憐憫の気配を見てとったように思い、気がかりになった。気の毒げな目で見られるべきなのは、ジミーのほうではないか。予告もなしに捨てられたのは彼のほうなのだ、しかも、予告しなかったのは、彼が悲嘆に暮れることを恐れたからではなくて、彼が説得したり説明したり言い訳したりするときの、陰気で柔和な声や顔から滲み出てくる、気が遠くなるほど面倒くさそうな様子を見ないようにするためだったのだから。ねえ、ジミー、説明することなんかなにもないわ、とブリュラールはそのとき率直に言ってもよかった、愛されていることを人に説得するのは無理でしょう、それと同じことだもの。ねえ、ジミー、とブリュラールはいらいらしながら言ってもよかったのだ、そういうことはだれにも変えようがないのよ、そうでしょ。なのに、もうずっと前から感じることもなくなっていたはずの高揚した気分、心の情熱にわれを忘れて、なにも言わなかった、だから出発というよりも逃げ出したかのようになってしまったし、電話での話し方も、悪巧みが外に漏れないよう警戒しているかのような、こそこそした調子になってしまったのだ、本当は攻撃してくるような人も、さらに言えば守ってあげるべき人も、いはしなかったのに。

しかもいまやジミーがここにいて、ここにいるというだけで、ブリュラールと別の男との恋物語を容赦なく笑いものにしていた、というのもジミーは滅多にないほど血色がいいし、思いがけないほどエレガントで（どうやって払ったのよ、とブリュラールは心であざ笑った、そのパンツと革ジャンは）、そんなわけはないのにいかにも余裕のありそうな雰囲気を醸し出していて、犬のほうの凡庸さがかえってその印象を本物らしく見せている、あたかもジミーが、スノッブだからこそ、美しい獣を連れることをあえて嫌ったのだとでもいうように。

ブリュラールは、自分を小さく虚ろに感じた。口座に金が振り込まれていなかったこと、そもそも約束に反してなんの便りも送られてきていないことを思い出した。

しばらくのあいだ追いやっていた疲れが、あらためて彼女を呑みこんだ。片方の瞼に、細い静脈が脈打つのを感じた。

「それで、ジミー、私の代わりにこの犬を手に入れたの」と作り笑いをしながら彼女は言った。

「ついてきたから飼うことにしたんだ、君のような気がして」とジミーは真顔で言った。

「私、この犬が？」

「君だと思ったんだ。勘違いだったかもしれない、それは認めるけど」

ポケットのなかでブリュラールの電話が鳴った。思わず一瞬、ひくっと嗚咽のような声を上げてしまった、あまりに長いこと電話を待っていたから。ゆっくりと電話を耳に近づけながら横歩きでジミーから遠ざかった。消えいるような声で「もしもし」とささやいたが、はじめはだれも答えなかった。重い沈黙が流れた。

「笑いごとはおしまいだ」と、ブリュラールの知らない男が押し殺した声で言った、酷薄さが生なましく響いてくるようなその声音に、彼女はすぐ電話を切ってポケットの奥に押しこんだ。

指を二本、唇へもっていった。助けて、だれか来て、とうめくようにつぶやいた。けれども声は少しも出さなかったらしい、というのも先ほどと打って変わってにこやかな顔つきのジミーが、ホールの反対の隅から手を振ってきたから。カウンターの向こうで、受付係が愛想のよい鄭重なまなざしでジミーを見つめていた、ブリュラールには一度たりとそんな態度を見せたこともないのに。だれが私の味方になってくれるのだろう、とブリュラールは考えた。だれが私を見守ってくれるのだろう。だれの同情が……。刺しつらぬくような鋭い叫び声が頭のなかに響きわたったが、若きエヴ・ブリュラールの姿はどこにも見あたらなかったので、ブリュラールは心からほっとした、そして傷ついたみじめな誇りを一気に取り戻すように、ジミーの微笑に面と向かって、同じように軽やかで慇懃で品のよい微笑をもって応えた。恐ろしくてたまらない。笑いごとはおしまいだ、でもなぜこの自分、どの分野でもなるべくできるかぎりのことをやってきただけの人間が、あれほどの憎悪を巻きおこすことができるのだろう。そもそも自分は、これまで生きてきたなかで、本当に笑ったことが一度でもあっただろうか。

ジミーの犬が彼女のほうに駆けてきて飛びつくと、濡れた舌で思いきり頬を舐めあげた。犬の目がブリュラールの目と同じ高さにきた数秒のあいだ、自分の不安な心が犬の目に映っている、というか、その目のなかに自分が沈み入っていくような、強烈な印象をおぼえた。犬の瞳という暗い色の鏡が跳ね返してくるのは、小さく映った自分自身ではなくて、なにか別のもの、思いがけない、説明できないなにかのような気がした——まるで、とブリュラールは混乱しながら考えた、自分の姿が突然、自分で見てもわからないほど変わってしまったかのようにも思えたし、なにを考えているのかわからない犬の黒い目に、ブリュラールの秘められた真の姿が映し出されているようにも思えた、とはいえその姿がどういうものなのかは自分自身にもまるでわからず、この哀れな獣のまなざしのなかにこうして現れたものを、この目で見てさえ、それを描写することもできなかった。

「君の持ち物をいくつか持ってきたよ」と、ジミーは、体が触れるほど彼女のそばへ寄ってきて言った。

それから、ぐっと声を落として額に皺を寄せ、ひげのないつるつるの顔を突如として崩し、

「ねえ、どうして出ていったんだよ。おい」

彼はすぐさま自分を取り戻した。背すじを伸ばし、口をひん曲げて皮肉っぽい小さな笑いをつくった。ジミーはいい人だわ、とブリュラールは感謝を込めて考えた、気が利くし、勇敢だし。けれど、もしかすると、こうして自分が考えているのとはまったくちがう理由で（夫の優しさはちょっとこまごましすぎて、過剰に思える）、ジミーはここまで来たのかもしれない。またもや、あいまいな憐れみのようなものが現れていやしないだろうか、彼がなんとはなしに自分へ、自分の体や髪の毛へ投げかける目つきに。そう思うと彼女のなかに怒りと怖れが湧き起こった。けれど、ほほえみながら、彼女はゆっくりと首を横に振った。なにが起こったのだろう。だれが私の味方なのだろう、だれが私を守ってくれるのだろう。何分かでいい、とブリュラールはぼんやりと思った、横になって休みたい。ジミーに対する激しい嫌悪と警戒心が、自分でもうろたえるほどの勢いで全身を包んでいくのを感じた。

「だれが電話してきたの」と彼が訊いた。

「たぶん……知らなくてもいいでしょ」ブリュラールはぼそぼそと言った。

思い切ってつけ加えた、

「というか、ぜんぜんわからないの」

ふたりは張りつめた面持ちで、じっと向かい合っていた、とはいえこうして対立する場面はお互いすでに幾度となく繰り返していたので、倦んだ気持ちにブリュラールはとらわれ、これはもう前にあったことだ、時と場所はちがったけれど、と考えた。

「ルルがぼくといっしょに居つづけるのは当然だからね」とジミーは断固たる調子で言った。

そして言い足した、

「ずっと、なにがあろうと」

「ずっと?」

そこでブリュラールは、こわばった自分の顔に微笑が浮かぶのを感じた、美しいながらほんのかすかに冷やかしのまじった笑顔だが、ジミーは腹を立てたりはしない、なぜといえば、彼女が彼をよく知っているのと同じように、彼は彼女を知りぬいている、だから、辛くて不当で傷つくことを耳にしたと思ったときほど、ブリュラールの微笑は魅惑的に、声は軽快になるということもわかっているのだ。

「私は好きなだけルルに会いに行くわ」と言う彼女の声音は、しかしあまりに鋭く、抑制のかけらもなかったので、狼狽し気後れしたらしいジミーは、強気だった目つきをやわらげたが、その間、彼女は考えていた。私がどれだけ眠り足りないか、彼は知らないんだわ、眠りさえすれば、目醒めた時には現実はいまとまったくちがうものになっているはず、私の睡眠が足りている時には、エヴ・ブリュラールその人でさえ、私を追ってくるのがいささか難しいと感じるらしいのだから。

ジミーの額を爪の先ではじいた。彼は顔をしかめた。ささやくような甘ったるい声で、なおかつ挑みかかるように、彼女は訊いた。

「どうやって私の居どころがわかったの。だれに訊いたのよ。ああ、いや、知りたくない」

青白く子どもらしいルルの顔が、不意にブリュラールの脳裏によみがえった、先週の土曜以来頭のなかを完全に独占していたあの顔の代わりに――あの顔、真面目で思いやりにあふれる、年齢を刻んだ寛容な顔、こちらをどこまでも気遣ってくれる深刻そうなあの顔を、不安に苛まれるブリュラールはたえず呼び出して、銀行から帰ってくるたびに、その威厳と献身の思い出にひたることで少しは安心できたし、それから夜になって、ホテルの狭いベッドに身を横たえる前に、今日も電話がこなかった、これで何日目だと確認するときにも、いつもそうしていたのだ——優しいルルの顔、頬のふっくらした、信頼しきった柔和な顔だち、ルルはあの土曜日には一日じゅう友だちの家に遊びに行っていたので、ブリュラールは逃げ出す直前に娘と会うことができなかったのだ、けれどもしもルルのまなざしがそこにあったとしたら、自分は出ていっただろうか、心躍る新しい人生に向かってせわしなく出発しただろうか。した、したわ、と、憂鬱な気分に身のすくむ思いでブリュラールは考えた、きっとそうしてしまったはずだ、思いもかけない天啓がもたらされると知って、それを諦める人がいるだろうか、特別な計らいに恵まれて、しかも同時に疑いに満ちた単調な人生から完全に逃れられるなどという奇蹟が起こるかもしれないとしたら。いったいだれが、いきなり説明もなく恩寵を受けとれることになって、それを自分の意志で取り止めるようなことをするだろう、説明されない以上は、返礼も感謝の気持ちも要らないということなのに。だれが——例外はかつてのブリュラールおばさんくらいだ、厳格な山のかたちになることで不死を得たこと、それだけが、彼女の重ねてきた断念に対する、唯一の報いだったのかもしれない。

ブリュラールの思考はとりとめなく漂い、ルルのまわりを行ったり来たりしていた。顎のあたりに唾液がひとすじ流れるのを感じた。気づかずに涎を垂らしてしまっていた。手の甲で拭いながら考えた。疲れのせいだ。したいことは、ただ……。それなら、そうすればいい。

けれども、ジミーは自分を眠らせてくれるだろうか。

彼は受付係と話しており、彼女は眠気のあまり瞼をひくひくと震わせながら、ジミーの細い背中をしばし眺めた、使いこんだような風合いの灰緑の革ジャンパーを着た彼は、不思議なほど若く見える――変ね、と彼女は思った、さっきはワインレッドだと思ったのに、ワインレッドなんて洋服の色としてどうなのかしらと思ったのに、なのにいま発見した、というか、いまそう見えるところでは、実際にはホテルの肘掛け椅子と同じ、無難な緑色をしていた、そしてその肘掛け椅子には朝食室から出てきたばかりの客たちが近づいてきて、どっしりと座ろうとしており、これから彼らはそこで、ふうっと深く息を吐いたり、真面目な顔でひそひそ話したりして、限りもなく緩みきった、ありあまる時間を楽しんでいる様子を見せながら、湖畔が日に照らされて暖まってくるのを待つのだった。どんなに気持ちがいいだろう、とブリュラールは考えた、老人になったら。ああ、金持ちになれたら、どんなにいいだろう。

エレベーターの方向に、そろりそろりと後ずさりをした、目はジミーの背中を見つめたまま。彼は受付係と冗談を言い合いながら、腰をゆらゆら動かしたり、ちょっと肩をすくめたりしており、ブリュラールは、急いで部屋に行ってしまおう、部屋に閉じこもって、午後になるまで眠ろう、と考えた。目醒めたときにはジミーがいなくなっていてくれるかもしれない、もしかしたら彼が現れたこと自体、忘れてしまっているかもしれない、もしかしたら、幸運と神秘の力が唐突に自分のもとへ戻ってきて、あの肘掛け椅子のどれかに、愛する男が待ちかねているかもしれない、その人への愛のためにこそ、自分はこんなところで、憎いあの山に監視されながら、孤独につましく過ごしているのだから。

ジミーの犬が彼女に向かって吠えた。汚い犬が、私の心を見抜いたわね、とブリュラールは思った。間髪入れずジミーが、猫のようにしなやかに、するするとそばへ寄ってきた。

「もう部屋はひとつも空いてないんだって」と彼は心配そうに眉根を寄せて言った。

「まさかあなた……」

「いいだろ」

彼女は信じられず、のぼせたようにははっと笑った。

「ぼくはバカンスで来てるつもりだから」とジミーは妙に満足そうに言った。

フローリングの上を、まるで自分でも気づかぬうちに流れていってしまったかのようにつるりつるりと軽やかにすべっていった彼は、静かに無気力に肘掛け椅子に座っているスイス人夫婦のすぐ横に着いた。女のほうの膝の上に、ブリュラールがカウンターに忘れていった映画のプログラムを投げ出した。あやすように声を低めて、彼がふたりに告げるのが聞こえた。

「あそこ……エヴ・ブリュラールですよ、ごらんなさい……ぼくの妻なんです、この映画に出ています。この映画……すばらしいんです。ぜひお勧めします……」

レモン色のスカーフが自動車のドアに挟まって、そのまま車が走り出すことについても話すのが聞こえた気がした。

「それであなたの奥さまは？　車のなか？　そと？」と男のほうが訊きながら、返事をよく聞こうと身を乗り出した。

ジミーは魅力的な笑い声をあげた。犬が、急に不安を感じたらしく吠え出した。

ジミーはそのことを気にする様子もなく、また自分に対してはあれほどつっけんだった受付係、この女のせいでなにかしら変なことやくだらないことに巻き込まれるのではないかと心配するそぶりをあれほどあからさまに見せていた彼までもが、犬のほうにちらっと目を上げたか上げないかくらいで、ものわかりよく、親しげにふとほほえんでから自分の仕事に戻るのを、ブリュラールは認めた。

「スカーフなんか、これまでの人生で一度もつけたことないわ」という声が、おぼつかない足どりでふたりのスイス人の横を通りすぎるブリュラールの耳に聞こえ、まだ若く見えて子どものような金髪をした男と女は、あまり興味が湧かないといった、疑うような視線を彼女のほうに投げかけた、まるで、とブリュラールは思った、彼女がそこにいるということさえ疑わしいと思っているような目で。

「あるよ、あるじゃないか、まさに黄色いスカーフ」と男は言い張っていた。「あの日、君は黄色いスカーフを首に巻いたじゃないか」

「じつにすばらしい映画なんです」とジミーはまた言った、おだてるように、おもねるように、抜け目なく軽快な優雅さを振りまきながら。

それにしても、とブリュラールは疑問に思った、ジミーは本当のところ、この人たちからいったいなにを得るつもりなのかしら。それとも、この人たちからなにかを得ようと思っているわけではなくて、単に自分が行ってしまわないようにしようと、この悲嘆、この苦悶から気を逸らせようとしているのかしら——というのも、ブリュラールの顔をひと目見て、ジミーには彼女がまだ、出奔そのものを成り立たせていたはずの歓喜に満ちた状態、人に勝る境遇を手に入れていないことが、すぐにわかったはずだから。

真綿のヴェールのようなものにやんわりと頭を締めあげられながら、ブリュラールが石畳の街路を歩いていくあいだ、ジミーは右側でそっと彼女の肘に手を添えていたが、あまりにそっと添えているので彼女はしばらく気づかず、そうして軽く支えられていることをやっと意識したときには、なんであろうと意志を示すこと自体が面倒で、ジミーから身を引き離すことはやめた。彼は彼女に触ることがもう決してできなくなるその前に、とにかく触っておこうと思ったのだろうか。それともこれは彼女を捕らえておくひとつの手段なのだろうか、こんなふうに優しく導かれれば彼女は抵抗もせず汽車に乗って、家まで連れられていくはずだと思っておくためなのだろうか。

そういうことはもう全部おしまい、と彼に言いたかった、いまは私の人生は前とはちがうものになったのだし、私はあなたとは遠く遠く離れていて、だから……けれども、ひと言でも発すれば、頭蓋に穴が空くような気がした。

犬はおとなしく彼女の左側を歩いていた。ジミーと醜すぎるその飼い犬とに挟まれて、ブリュラールは自分が情けない、どうでもいい存在に思えた。憐れみと怒りが身に渦巻いた。もやもやとした憤怒が、靄のように茫漠と広がるいろんな考えのなかを分け進もうとしていたが、この憤怒を呼び醒ましているのは、と彼女には充分に感じとれた、そっとしておいてほしいのにという痛ましい思いなのだった。

「すてきな街だね」とジミーは言っていた。「ああ、いい気分」

それから、いまだ驚きの混じる深い悲しみを込めて耳許にささやく、

「どうして出ていったんだよ。どうして」

ブリュラールは見るともなく見ていた、薄い黄色や薄緑色をした建物、豪華なショーウィンドウ、庇に大量の牛の鈴が重たげにぶらさがっている土産物屋、ここに来て以来毎日歩き回ったために、彼女はいまやこの風景すべてを知りつくしていたし、その風景は彼女にとっては、ただただ恨めしかった。あの運河にかかる花に飾

られた小さな橋、あの石畳の上のかわいらしいバルコニーの数かず、いまジミーはそれをよく見ようと立ち止まり、顎をあげ、手を額にかざして、抑えようともせず喜びの声を上げていたけれど、そうした橋やバルコニーは、毎朝毎朝同じように、募っていく失望、隠しきれなくなっていく恐慌と闘いながら銀行から帰ってくる彼女を見てきたのだ、銀行ではいつも陰気で用心深そうな同じ中年女性が、今日もまた頭を振りながら、口座にはなにも振り込まれていませんと手短かに告げる、だからこの麗しい光景のすべてにブリュラールは嫌気がさしていて、なぜ自分はいつでもきれいなものに笑われなければならないのかと思い、気も狂わんばかりになるのだった。

ジミーがいま、お金のことを口にした気がする。

彼はふたたび歩き出したが、ブリュラールを引っぱるしぐさには手加減がなかったし、前より歩き方が速くなっていて、なにか金のことで堪えがたい質問を彼がしてきたようにブリュラールは思った。ブリュラールは前よりも気分が軽くなっていた。わかったのだ、自分に関するかぎり（ジミーが苦しみを味わわねばならない瞬間はまだやってきてはいなかったし、その瞬間がやってきたとしても、その時にはブリュラールは自身の幸運に有頂天になっていて、後悔などという厄介なものは感じずに済むだろう、そうだといいと思う）、自分にはまだ、希望をもって待ちつづけることをやめなければならないような根本的な理由はまったくないのだということが。遅れ、不都合、どういうことだか自分はまだ知らないけれど、もうすぐわかる――そうだ、動揺している理由はおそらくそれだけのこと、知らないということだけなのだ。そして、言ってみれば、この無知には実体などない。

「で、いいの？」とジミーは居心地悪そうに言った。

「いいって、いま私があなたといっしょにいるのが？」とブリュラールは驚いて返した。

「経済的にはどうしてるの」

「何日か前にお金を受けとったわ」

「あいつから？　本当に？」

「ええ」ブリュラールはきっぱりと言った。

「なら……（ジミーの声はあまりにのろく小さくなったので、ブリュラールは聞きとるのに苦労した）。君の言うことが本当なら、きっと……ぼくに援助してくれるよね。たくさんじゃなくていいんだけど……」

ブリュラールの腿のあたりが急に振動をはじめた。電話をポケットから取り出した、冷静さを保とうと努めながら。楽しげに道を行く人々は、そろって背が高くて美しくて元気がよく、気づかずに彼女にぶつかっていき、彼女のほうは小柄なうえに今朝は顔色もさえないのだが、ブリュラールが捉えた会話の端々によれば、まわりの人々にとっては、問題は雪とおいしい食べもののことだけなのだった。

山が近づいてきていた。いまや完全に輪郭を現している。

ブリュラールはふふっと笑いながら思った。母は私をなにかから守ってくれたことなど、一度もなかった。

耳から数センチのところに電話をかかげたまま、黙っていた。ジミーは不安げに彼女を見つめていたが、彼に笑いかけようか、顎が震えているのを鎮めてやるためになにかしようかと思いつつ、決心もつかなかった。電話を切った時、途中で切れた声が彼女に向けられていたことは間違えようがなかった、その声は彼女の姓と名を発音したのだ、その声には激しい怒りと、しかし同時に憎しみの入りまじった悲哀がこもっていて、その感情の強烈さに彼女の脚は萎え、焼けるように熱くなった。

ジミーはなにも尋ねなかった。そこでブリュラールは、彼が電話のことについて今後もうなにも訊いたりしないだろうと確信した。なんのことだか彼にはわかっているのだ、でなければ、彼が知っていて私が知らないなにかから判断して、なんのことだか想像がついているのだ、そして私がそれを知らないことを彼は知っている、と彼女は落ち着いた洞察力をもって考えた、不意に精神が澄みわたり、冷徹といっていいほど何事にも動じない気分になり、最悪の事態も受け入れられると思った、それも事態があきらかになるよう穏便に願い出るのではなく、必要とあれば無理に急きたててもかまわないと思った。彼が知っていて、私に知られることを恐れているなにか、もしかしたらそれこそが、彼がやってきた理由なのかもしれない、と彼女はさらに考えた。でもそうだとしたら、私にそれを知ってほしいから来たのかしら、それとも知られることのないよう見張るため？

「ジミー、どうして来たの」とブリュラールは、彼が怯えたりしないよう、うんと優しく訊いた。

「連れて帰るため。君をひとりきりにさせないため」と、ジミーは目の前をまっすぐ見つめたまま、顎をこわばらせて言った。

面長なジミーのこけた頬にだんだんと赤みが広がって、ふくらんだ静脈の網目が一面に浮かびあがった。

「どうして私がひとりきりだと思うの」

「そう思うから。だっていま、ぼくとぼくの犬と歩いてるだろ」

ここでブリュラールには、彼がなにげないふうを装おうとしているのは、困惑して神経質になっているのを少しでも隠そうとしているからだとわかった。一挙に、洋服は新品でも（といっても安物の革だ、と彼女は見てとった）、彼がみすぼらしく滑稽な男に見えてきた、それでもたいていは優雅にそのことを隠しおおせていたのだが。ジミーは駄馬なのだ、とはいえ彼自身のせいというわけではない。衝動的に、手早く彼の頬を撫でた。そもそもこれまでにジミーがやってきたことで、見かけだけでも成功したことがひとつでもあっただろうか。ジミーは自力で一人前になったけれど、そのやり方は凡庸で、いい加減で、いつでも自分を買いかぶりすぎていた、そして運よく手許に金が少しばかり溜まると、すぐさまその金を本人の評判にどことなく傷がつくような手っとり早い商売につぎこんでしまうのだった、たとえば、とブリュラールは思い出す、ある郊外集合住宅地のショッピングセンターに立てた屋台、そこでジミーは客の顔をあしらった缶バッジをその場で作って売っていたのだが、そのわけのわからない機械は、三行広告で見つけ、おそろしく高い金を払って手に入れたものだった、あるいはまた、国道と国道が交わるうら寂しい場所に建てられたピザ屋、そこをジミーは、ブリュラールとつきあいのある業界人たちの溜まり場にしようと張りきって買い取ったが、いまだにそこは買い手が見つからないままだった、建物自体も、立地も、いかにも失敗と不幸と愚行を匂わせていたから。

いまジミーはここに来ている、強情で疲れ知らずで、人を眩惑する自分の力をかたくなに信頼している、けれども輝くように明るい空気、湖のまぶしい光のなかでブリュラールが見ている彼は、しばらく前から目に見えて決定的に老けていた——つまり、いかなる細工を施そうと、いかに前髪を巧みに整えシャツのボタンをきちんと留めようと、もはやごまかせない、目に映るのはなによりもまず、曲がった背中であり、たわんで痩せてしまって元には戻らない脚であり、きめの粗くなった肌であり、目の表面を影のように薄く覆う靄なのだ。ジミーがだれにも見られていないと思っているとき、ほんの何秒かのあいだ、その目は宙を漂い、焦点の定まらないような、陰にこもるような感じになるのだった。

　疲れきったブリュラールは、出し抜けに道を逸れて、湖へとゆるやかに傾斜する広い芝生の隅のベンチに向かった。同じベンチの反対の端にエヴ・ブリュラールがいるのにもかかわらず彼女はそこに座ったのだが、今度の若きエヴは、重苦しく敵意に満ち、驚くほど痩せて骨ばっていた。このエヴ・ブリュラールはルルにそっくりだわ、と考えたブリュラールの胸は、苦い罪悪感にちくりと痛んだ。見なかったふりをした。目を閉じて、迫りくる危険を感じながら、若きエヴがなぜ今回は敵の姿をして現れたのだろうと考えた。目を半分だけ開けると、燦然たる若者たちが笑いさざめきながらベンチの前を通っていくところだったが、その人たちが、まさに旧市街の道ばたで自分にぶつかってきた人たちと同じだと気づいた。

「変ね」と、彼女は当たり障りのない言い方をした。

　するとジミーが顔を寄せてきて耳許でつぶやいた。

「そばに座っているのがだれだか見た？」

「ええ？」

「ルルだよ」と言うジミーは驚きに顔を少しゆがめた。

「そんなばかな」

ブリュラールは両手に顔をうずめ、恐怖と混乱に身を震わせた。ジミーがなにかささやくのが聞こえた気がして、それから静かになった、そして頭をゆっくりとあげると、骨と皮ばかりの少女に代わって、ジミーが隣に座っていた。足許で犬が自分を、ブリュラールを見ていた、愛情を求めているとしか解釈しようのない表情で。先ほどと同じ若者たちが何度も何度も目の前を通りすぎては、ブリュラールとジミーの膝を長い脚でかすめていく。人並み以上に美しく健康なこの青年たちは、どうも自分たちのそばを離れまいとしているらしいけれど、ジミーはそのことに気づいているのかしら、とブリュラールは考えた。

「ルルがいったいなにをしに、ここにこようっていうのよ」と、思いきり恨めしげな声で彼女は訊いた。

「アルフォンスさんのところに預けて、アルフォンスさんたちがスキーにいっしょに連れて行くことになってたんだよ」とジミーは軽やかに、言い含めるように答えた。「正直、なにが悪いんだよ。なにが悪いっていうんだよ」

「あちこちでもう雪はないって言ってるわよ。だから、おかしいじゃない、そうでしょ」

「アルフォンス家のようなのほほんとした連中とルルみたいな子どもには、雪なんか大してなくたって平気なんだよ、どのみちルルは雪が大嫌いなんだし」と、ジミーはもったいぶって決めつけた。

「それにしたって、どうしてルルがいきなりあんなに痩せてるのよ」

ジミーは答えなかった、のしかかるような、もたつくような、彼らしい黙り方。

「たった一週間で、あんなに痩せたっていうの」とブリュラールは言い放った。

「母親がこういうことをしたからって……」

彼女は疑わしげに、ふん、と鼻を鳴らした。

「ルルが着ていた服に気がつかなかった」とさらに彼女は言った。

ジミーはかっとなり、ついで落ち着きを取り戻すと答えた。

「着ていた服は、アルフォンス一家とのバカンスに合わせてぼくが買ったんだよ。銀色っぽいダウンの上着と揃いのスキーパンツ、あと蛍光グリーンのスノーブーツ。いい印象を与えてほしかったんだ。アルフォンスの娘たちはそういうものを全部もってるし、ほかにもいろいろもってるから」

「このベンチで見た女の子は銀色っぽい服なんか着てなかった」と、ブリュラールは静かに勝ち誇りながら言った。

「いま君を見て、君がウォーキングシューズを履いてると言う人なんて絶対いない、それはそんなけちな靴を君が履くなんて想像できないからだよ、それでも現実には変わりないじゃないか、君はウォーキングシューズを履いてる」とジミーは言った。

「ああもう、どうしてあの若い連中はいつまでもつきまとってくるのよ」とつぶやいたブリュラールは、いまにも泣き出しそうだった。

彼らは行ったり来たりしていた、女の子三人に男の子ふたり、全員似たようなシルエットで、白っぽい直毛の金髪を、女の子たちは肩、男の子たちはうなじのところまで垂らしていて、氷のように冷たい超自然的な美しさだ、とブリュラールは思い、だが陶然とするどころか、心臓が締めつけられるような気がした。

自分とジミー、この小さなふたりは、ベンチの上で、いかにも擦り切れて期限切れに見える――ふたりとも哀れで、みっともなくて、自分たちの崩れ落ちた共同生活の下敷きになっている、そして相手のせいでうんざりする瞬間がいつ来るかがお互いきっちりわかった上で、いちいちうんざりするのだ、あまりにも、あまりにも互いをよく知っているから、優しさも共感もまるで感じてはいないのに。

「もしぼくが金持ちだったら、そうでなくてもせめて遺産のあてがあったなら、話はぜんぜんちがってたのにな」と、苦にがしいながらも穏やかな確信をもってジミーは言った。

つい最近開かれたいくつものパーティーの思い出、自分というこの女を喜ばせるためだけに、ある人物の金が湯水のごとく費やされたパーティー、高級な料理、オペラ見物、洗練されたバー、といってもその目的は彼女を誘惑することではなかった、だいいち彼女はもうずっと前から誘惑に負けて恋に落ちていたのだから、それはむしろ愛と誘惑という気高き誉れを、慣例どおりの額縁、型どおりの装飾品で飾り立てるためなのだった——その思い出が、手を伸ばしても届かない遠い昔の出来事のようにブリュラールの脳裏によみがえったが、こうしたすべてがいま、なおさらうっとりと欲望をそそるものに映ってしまうのは、ジミーが（この未来永劫あわれなジミーが）いまここにいて、献身的とは言いがたい、どことなく腑抜けた雰囲気を醸し出しているせいでもあった、もうひとりの男を好きになったのは彼の財産のことを知るよりずっと前のことだったとはいえ。

自分はジミーになにをしてやれるだろう。なにかしてやれるとして、なにをすべきなのだろう。それに彼のほうは、実際、自分になにかしてくれるために来たのではないのか、自分を助けるとともに彼自身を助け出すために来たのではないのだろうか。どうして彼は（彼がなにかをためらい、懸念していることは見てとれた）、こちらを助ける必要があると思いこんでいるのだろう。

強烈な偏頭痛が後頭部を殴りつけてくる。もはやひと言も口にできなくなった。若者たちが笑い出し、吠えるようなその声は、意地の悪い物真似のようにブリュラールには聞こえた。なぜ彼らはつきまとい、こちらをうかがっているのだろう。味方のつもりで近くにいるのだろうか。それに自分を見守ってくれているのだとしたら、五つもの傲慢な顔に均等に配されたこれほどの美しさを見せつける必要があるのだろうか。

味方として見ていいのだろうか。

ブリュラールとジミーは住宅地へ、豪奢な家いえの建ちならぶ高台へと向かって登っていった、湖と街をはるかに見おろすその場所に、人に聞いたあの家があるはずだとジミーが言ったから。それは山小屋だった、明るい色の材木を使った新築で、軒が深い——いくつものバルコニーにならんだ長椅子、腰掛け、クッション、それに犬用のおもちゃの数かず。黄色いはりねずみ、ゴム製の骨、多種多様のボール。

ブリュラールは登攀のせいで息が切れ、頭ががんがんと打ちつけられるように痛んで、よろめき、倒れかけて、土に膝をついた。靴が片方、脱げ落ちた。そのウォーキングシューズを拾おうとしてジミーが身をかがめた瞬間、山小屋の裏側から番犬のグレートデンが勢いよく駆けてきて、ジミーを押し倒すと、靴をくわえた。それから、遊びたがっている様子など微塵も見せず、ふたりを威嚇した。灰色の短毛が金属のようにきらめいている。ジミーの犬は怯えて従順になり、小さく唸りながら脇へどいた。山小屋のなかからも、周囲からも、なんの物音もせず、ただ唐松がごくかすかにさわさわ鳴る音と、恐怖にとらわれたジミーの犬が、はあはあと息をつく音だけが聞こえる。

ブリュラールは立ちあがった。見るとジミーが両膝を引きずって砂利の上をそろそろと離れていき、それからグレートデンをじっと見つめたまま、ゆっくりと慎重な動きでもって立ちあがった。彼がこうささやくのが聞こえた。

「行こう！　ここから逃げよう」

「私の靴はどうするのよ」と、いらついた笑いを洩らしながらブリュラールは返した。

ううっとうめくと、両手で頭を押さえた。あまりの痛みに、涙がじわりと滲み出す。忽然とひと組の男女が現れた、ふたりが家から出てきたのか森のなかから出てきたのか、ブリュラールにはわからなかった。

「ロトールさんたちだ！」とつぶやいたジミーの声があまりに喜びにあふれていたので、彼がいかに怖い思いをしていたか、ブリュラールには想像がついた。

もうひとりの、あの男なら、こんなふうに怖がっただろうか。それとも彼の育ちからして、豪華な番犬をただちに味方につけてしまうのだろうか。ここでブリュラールは、グレートデンは金やブルジョワジーや豪邸の匂いを嗅ぎとるのだろうか、礼儀作法にかなった人間をそれとして認め、その人間に従うものだろうか、と考えた。

少しのあいだ目を閉じた。いそいそして魅惑的で懸命なジミーの声が聞こえてきたが、その声の調子にほんのわずか絶望的な感じが混じってきたことから、彼の手札はもうすぐ尽きるらしい、とわかった。すると、女が優しげに声を上げるのをブリュラールは聞いた。

「あら、そうでしたわ、ジミー・ロワールさんね。ハロー、ジミー」

ブリュラールは目を開いた。ちょうどロトール氏が、気色悪そうな顔つきで、泥まみれの靴を足許に放り投げたところだった。

「おあがりになって、履き物をお貸ししますから」と、ロトール夫人は優雅に言った。

ロトール氏がグレートデンを取りおさえ、日焼けしたその顔に、飼い犬と同じ、疑うような険しい表情を浮かべているあいだに、ジミーはブリュラールの腕を取って山小屋へ連れて入ったが、恐怖による緊張が解けたいまも、今度は安堵のせいで彼がぶるぶる震えているのがブリュラールに伝わってきた。ジミーがいちばん怖れていたのは、番犬ではない。ロトール夫妻が、数か月前にパリで開かれたレセプションの会場で自分と会ったことを思い出してくれず、彼らの敷地から追い出されるはめになるのが怖かったのだ、ジミーはそういったレセプションの類に、なんの楽しみも見出せないままに精力的に出没していたのだが、それは働き口を紹介してくれるかもしれない人たちと出会えるのではないかと期待してのことで、ジミーとしては、自分にしてほしいことがあるとだれかが少し言ってくれさえすれば、なんでもやるつもりだった。それで、きっとその時に、とブリュラールは陰鬱な気分で見当をつけた、ジミーは、それなりにうまいことロトール夫妻の気を惹いて、山の家へいらしてくださいね、くらいのことを言われたのだろう。それにしても、と、大したことではないと思いつつもブリュラールは考えた、自分の存在は最初からジミーの策略に組みこまれていたのだろうか、それとも、引き立て役として自分を連れていこうというアイディアは、さっき入ったピザ屋にいた時に思いついて、それでいっしょに行こうと言いはったのか。ああ、もうどうだっていいわ、と、争うには少しでも力が要求されるのを想像しただけで身がすくんで、ブリュラールは思った、ジミーと食べた最後のまずいピザも、どうだっていい。もうすぐ、なにもかも終わるんだから。

「ふたりはあの映画を観たんだ、君がだれだかわかるはずだよ、そうすればぼくの株は一気にあがるだろ」とジミーは、ほとんど頼みこむような調子で、愛嬌たっぷりに言ったのだった。

いまやブリュラールは、苦い満足感とともに、場ちがいな暗い色の普段着を着て、ジミーに引っぱられるようにしながら、見るからに気乗りしない面持ちでロトール家の山小屋へ足を引きずっていく、頭痛と疲労に顔をこわばらせた中年女を見ても、あきらかにロトール夫妻が、あの黄色いスカーフの放蕩女を少しも思い起こしていないということを見てとった、それは端役ながらも、ジミーによれば『クレール・ハスラーの死』には不可欠な、印象的な役だったというのだが。まさにいま、まったく同じことを彼はロトール夫人の耳に吹きこんでいるところらしい。というのも夫人はブリュラールのほうへ振り向いて、びっくりしたような、慇懃な一瞥を投げたからで、いっぽうジミーは、得意になったときの彼らしく、細い腰に両手を添えて、腹を少し突き出したが、それによって——気づいたブリュラールは心底ばつの悪い思いになった——白いシャツについた緑がかったピザオイルのしみを見せつけてしまっていた。

でも、もうそんなことも、自分には関わりのないことだ。

「すみませんが……お願いします、アスピリンを二錠か三錠」

言葉が、唇のまわりを漂っていた、まるでだれか別の人が自分の隣で、おどけた裏声を使ってささやいたように。

「エヴ・ブリュラールです……」とジミーは言いかけた。

「こちらの女の方は具合が悪いのではないかね」

「少し頭痛がするだけです……過労で……」

「あなた、お体はだいじょうぶですの」

「エヴ・ブリュラールです、あの、ご存じの……エヴ・ブリュラール……」

「この方はだいじょうぶかね」

ブリュラールは、ふたつの手ががっちりと両肩をつかんで上体を押し下げるのを感じ、それから、やわらかい肘掛け椅子の座面が腿の裏に当たるのを感じた。椅子は揺れた。

かつて、いつだったかもなんの映画だったかも忘れたけれど、ロッキングチェアに寝そべったまま、長いシーンをいくつも演じたことがあった。

揺らすのをやめてくれないだろうか。あとひと揺れしたら、ピザをもどしてしまう。揺らすのをやめてくれませんか。辛い——アスピリンなど、なんの役に立つというのだろう。眩暈がするのに、なにもかもわかったような気がする、ただなにがわかったのかはまだ知らなくて、でもそれは時間の問題にすぎないことは知っている、数時間、いやもしかしたら数分のあいだに解明されること。もうわかった、けれども、ああどうしよう、なにがわかったのか知るのが怖ろしくてたまらない。

揺らすのをやめてください、いますぐ！

自分が口を利いているのかいないのか、人に聞こえているのか聞こえていないのか、まったくわからない。氷のように冷たいガラスがかちんと歯にぶつかり、たまらなく苦い錠剤が舌の上で溶ける、喉から遠すぎる、喉に近すぎる。乾いた手が頬を撫でた。ジミーの手だとわかった、気遣うような温かい手だ。いとしいかわいい、あわれなジミー、と考えながら、かわいそうに思うあまりブリュラールは泣きそうになった、ちゃんとわかっているのかしら、この人は、なにもかも終わったということを。ふたりがロトールの山小屋を去るその時、自分が彼にとっては失われたきり二度と戻らないということを。彼はもうずっと前から、騙されっぱなしの夫だったけれど、それでも、大したことではなかったのだ、ブリュラールが彼と比べものにならないほど華やかな別の男を好きになるまでは、そうなってからというもの、彼の生い立ちや過去や名前まで含めた全存在が、回復不可能なほどに安っぽくなってしまった。けれども、きちんと決定的にすべてを終わらせるにはどうしたらいいのだろう。ジミーの即死しかないかもしれない、と彼女は思わずにいられなかった、それだけが、彼を覆いつくしているばかりか周囲にまで広く溶け出してしまっている輪郭の定まらない混乱状態から彼を救い出す唯一の方法なのかもしれない、もうひとりの男のほうはといえば、厳密さと冷酷な意志と精確な欲望そのものだったというのに。

「私……この方が、クレール・ハスラーというお名前なのかと思っていましたわ」と、はるか遠くで、ロトール夫人が困ったように笑いながら言った。

「クレール・ハスラーは単に主役の名前ですよ、演じたのは……ええと、だれか別の女優で」

ジミーの声だった、大きすぎるその声は、信じられないという気持ちと我慢の限界だという気持ちを同時に表しながら、まくしたてていた。

「クレール・ハスラーなんか存在しませんよ、まったく。架空の名前なんです。ただのお話です」

「じゃあ、エヴァ・ブリュラールというのはどなた」と、ためらいがちにロトール夫人は訊いた。

「エヴ・ブリュラールです。エヴァじゃありません。エヴです。エヴ・ブリュラール。エヴ・ブリュラール」

「それはどなた?」

「私が思うに、妻が知りたいのはですね、その名前もまた登場人物の名前なのかどうか、ということではありませんかな」と、高慢な声で言ってのけたロトール氏は、ブリュラールのすぐうしろにいるらしい、というのもうなじのところに彼の息がかかった気がしたからなのだが、その息は温かく、臭いがなく濃厚で、犬の吐く息に似ていた。

ということは、私をしつこく揺らしているのはロトールなのね、とブリュラールはいきり立った。でも、本当にだれかが自分を揺らしているのだろうか。それとも、ただ自分の五官がめちゃくちゃに壊れたせいで、ぐらぐらしつづける気がするのだろうか。

落ち着いて、とジミーに言いたかった、自分にとっても、そして彼にとってはなおさら、この自分がすばらしい女だとロトール夫妻に認めてもらおうとする必要など、いっさいないのだから。ところが、口調が急に早くなったことから察したとおり、ジミーは頭に血がのぼってしまっていた、それでも彼をよく知らないロトール夫妻には、まだなんとか、単にパリジャンらしく辛辣で攻撃的で下品だが、悪気はないのだ、と思ってもらえるかもしれない。

「笑わせますね」とジミーは大声で言い立てていた。「エヴ・ブリュラールが、登場人物？　あなたね、あなたのことですよ、エヴ・ブリュラールのことを一度も聞いたことがないなんて言わせませんよ。それならぼくはなんなんだ、ぼくは登場人物と暮らしてるとでも言うんですか」

ジミー、私たちはもういっしょに暮らしてないのよ！　とブリュラールは叫んだ。もういっしょに暮らすこともないのよ、そうでしょう。そう言った自分の声が自分自身の鼓膜に響かなかったこと、したがってほかのだれにもなにも聞こえなかったはずだということに気づいて、ほっとした、そして自分は忘れられたままになっていようと心を固めて、瞼をぎゅっと閉じた。

ある疑念が、ブリュラールの心をよぎった。

欺瞞ではないという確かな自信が自分にはあるのだろうか。つまり、もしかしたら自分は『クレール・ハスラーの死』には出ておらず、黄色いスカーフの美女はエヴ・ブリュラールではなく別の女優で、なのにジミーと組んでみんなにあれは自分だと言っているのだとしたら、だれが自分の誤りを正してくれるのだろう。

自分の考えたことに憤慨して、心のなかで否定した。あの映画には出た。どこまでもはっきりとおぼえている。おぼえているかしら。いまのところは疲れすぎていて正確なことはなにも思い出せないけれど、充分休めば、すぐに思い出すはずだ。そう、思い出せるかしら。ジミーに確認をとるのは不可能に思えた、それは、いまはそれを訊くのにふさわしくないからということではなく(なごやかさを取り戻したジミーの声はさざめく水のようにロッキングチェアのほうまで流れてくる、それを区切るように時おりロトール夫人の「ふむ」という同意の相槌が入る、話題はどうやらこれからすぐになにかを始めるといったことらしい、お茶の時間になる前になにかゲームをするらしい、とはいえブリュラールにはそのゲームというのがなんなのかまったく想像もつかない)、そうではなく、このことに関しても、もはやジミーは信用できないという確信がブリュラールにはあったからだ。

このことに関しても、と心のなかで繰り返しながら、彼女は力をこめてロッキングチェアの肘掛けにしがみつき、閉じた瞼の裏に垣間見えるアボカドみたいな緑色をした巨大なトイレが巻きおこす渦に吸い込まれまいとしていたが、それがホテルのバスルームのトイレと同じだと気づくと、心得たように、にやりとした、すべてがつながっていることをまたも確認して、怖ろしさとともに満足もおぼえたから。ジミーが自分を利用しようというのなら、ロトール夫妻を惹きつけるためにこちらの役柄やキャリアをあれこれでっちあげようというのなら、こちらはどうやって彼を使ってやろう。

「ジミー！」と彼女は威厳を込めて呼んだ。

いまブリュラールは山小屋の窓から、家とすれすれのあたりまで迫っている唐松林のほうを見ていた。ロトール氏とジミーが溶け残った雪と岩のあいだを歩きまわってなにかを探しており、屈みこんでは愉快そうに起きあがって、青々とした下草の薄闇のなかにまた潜っていき、いっぽう離れたところに立ったまま体を動かしたり生真面目な声を上げたりしてふたりを応援しているロトール夫人は、淡い青のダウンジャケットのポケットに両手を入れて、長い髪を垂らし、優雅で、金色に輝いて見えた。

この人たちは私たちより若く見える、とブリュラールは考えて、胸が疼いた。

反対側の窓までのろのろと歩いていった、家の表側のほうへ。ヒールのない赤いブーツを履かされたのだが、サイズは合っているのにきつすぎる。ロトール夫妻の四駆のうしろで、だれかが動いているような気がした。ガラスに額をくっつけたが、なにも見えないので顔をそむけたその時、二匹の犬の映像、グレートデンがジミーの犬にまたがっているところが一瞬目に映り、ざらついた気持ちになって、窓際へ戻った。ジミーの犬が、油をひいたようにぎらぎら光る番犬の背中に覆われて消えていくところだった。自動車の手前に、引き裂かれた自分の靴が落ちているのをブリュラールは見た。

慌てて窓から離れると、山小屋を出て、ジミーとロトール夫妻のいるほうへ急いだ。

「あなたも探しにいらっしゃい」と、愛想よく快活に、ロトール夫人は声をかけた。

ブリュラールは機械的に大きな松の茂る林のほうへ小走りに駆けていった。ジミーが、青ざめた唇に作りものの勝利の笑顔を軽く浮かべ、ピンクのリボンを巻いたうさぎ型チョコレートを振りかざしている。

「毎年、復活祭の時分になると、わが家ではこうして何回か卵さがしを開催するわけだ」と言うロトール氏は、見たところジミーをいたく気に入ったようだった。

「いかがかね、ロワール」

「すばらしいです」とジミーは言った。「たいそう楽しんでいます」

「たいそう楽しんでいるかね」とロトール氏は訊いたが、満足げであると同時に、やや疑っているようでもあった。「君は冷えきっているようだね、ロワール」

「いえ」とジミーは言った、「ぜんぜん」

「奥さんが冷えきっているようだね、ロワール」

「ブリュラールです。エヴ・ブリュラール」と、ジミーはやりきれないような声音になって言った。

ロトール氏はぶつぶつとなにか言ってから、やにわに身を屈めると、小さな苔の塊の下から大ぶりの卵型のヌガーを拾いあげた。

たぶんそれからしばらく経って、といってもブリュラールは機械のように雪と針葉樹の葉を掘り返すことに専念していたから、どれくらいの時間が過ぎたのかはわからなかったけれど（一時間か午後いっぱいか一日じゅう）、お茶を淹れに小屋へ帰っていたロトール夫人が慌てふためいて戻ってきたところで、熱心な卵さがしによって保たれていた沈黙は破られた。

「ひどいことになったの」と彼女は叫んだ。「見にいらして。いえ、ジミーはいらっしゃらないで、それからあなたもいらっしゃらないで、ロワールさんの奥さん。本当にひどいの。ヴァランタンがあんなことをするなんて、いままで一度もなかったことなのに」

「ヴァランタンが、いったいなにをしたというんだね？」と、身構えたロトール氏は声高に言った。

「ジミー、お宅のわんちゃん……ヴァランタンがずたずたにしてしまったの。あの、変てこなわんちゃんよ。ま……まっぷたつにしてしまったの！」

「ヴァランタンらしくないな」とロトール氏は言った。

心外だというような、がっかりしたような目で、ちらりとジミーを見た。

「ヴァランタンはとっても優しいのよ」とロトール夫人は傷ついた様子で言った。

「私の知っているなかでいちばん甘ったれで、いちばん繊細な犬なのよ。いままで飼った犬のなかで……ヴァランタンが最高なのよ」

ブリュラールは、ジミーが不幸せそうに目を泳がせるのを見た。おそろしく赤らんだ彼の顔を見て、ブリュラールは、いたたまれない気持ちで、アル中の人の顔だ、と思った。呆然自失の態で、ジミーはもごもごと口を動かした。

「なんでもないです」と、やっとのことでつぶやいた。「いや、なんでもないです。あの……あの犬は、飼ってからそんなに長くなかったし」

ブリュラールのほうを見たその顔があまりに動転していたので、彼女は顔を逸らし、激しい心痛に耐えながら、ふたりはこれから互いに関係なく、それぞれひとりきりになる、取り返しはきかないのだ、と思った。


「いま私が、とっても欲しいものといえば、なんだかおわかりになる？　おいしいフォンデュよ」と、ロトール夫人は言ったのだった。

椅子の背もたれに長い丈の青いダウンを引っかけた彼女は、姿勢を整えたところだったが、きちんと背すじを伸ばして座り、天使のような高価な服にふんわりと包まれた彼女の、光り輝く健康と落ち着きと若さがあまりに異論の余地なくあからさまなので、ブリュラールは当てられたようになって頭がくらくらした。

四人はロトール夫妻ご推薦のレストランに来ていた。テーブルの下にグレートデンが寝そべっており、そのヴァランタンにふくらはぎを舐められるたびに、ジミーが乾ききった唇の端をぴくっと震わせることにブリュラールは気づいたが、犬はほかのだれよりも、ジミーを舐めたがるのだった。

ロトール夫人は、絹のようになめらかなしぐさで髪の毛を背中へまわしながら、ほんの少しだけ偉そうな声で、また言った。

「私がとっても欲しいもの、おわかりになる?」

「おいしいフォンデュですね」と、ジミーはぼそぼそと答えた。

ルルがホールに入ってきた。

ブリュラールは最初、辟易した気持ちでなんとなくそちらに目を留めただけだった、というのも、またしてもエヴ・ブリュラールが別の姿をとって、こちらには理解できない合図をあれこれと送ろうとしているのではないかと思ったのだ。ルルはオレンジ色に染めた短い髪をしていて(ブリュラールが置いていったルルは小さいころからいつも変わらず髪を長くしていた)、騒々しい大家族のあとについて入ってきたのだが、ブリュラールはそれがアルフォンス家の人びとだと気づいた。ブリュラールは何年も前から、アルフォンス一家との交わりを周到に避けてきたのだった。目を伏せた。それにしても、エヴ・ブリュラールがこんなに何人もの幻影に分身し、あけっぴろげで笑い上戸なアルフォンス家の四人の姿をするなんて、ありうる話だろうか。ありえそうにない。

ルルは椅子を引くと、鮮やかなまでの無頓着さを見せながら席に着いたが、その身ぶりは長い髪のころと同じだった。アルフォンス一家は、自分たち自身の耳を聾する騒がしさのせいで目も見えず耳も聞こえない状態になっていて、ジミーのことにもブリュラールのことにも、気づかない様子だった。すると、ルルの目が冷ややかにブリュラールの目を見据え、そこでブリュラールは、それが奇蹟によって現れた若いころの自分ではなく、確かにわが娘ルルなのだと知った。

ジミーの顔は真っ青だった。立ち上がってルルのほうへ行こうとしかけた。ついで諦めると、アルフォンス家の人びとから身を隠そうと顔を逸らした。この人はもしかして、まだ犬のことに気を取られているのだろうか、と思い、ブリュラールの心は乱れた。犬のことを思い、悲しみと罪悪感にとらわれているのだろうか。

ルルはアルフォンス家の人びととといっしょに笑っていた。その笑いの下品さに、ブリュラールの額一面にうっすらと冷や汗が滲んだ。ルルのまなざしが時おり、自分とジミーとに注がれるのを感じたが、そのまなざしは、ブリュラールには疑いようもなく、侮蔑まじりの怨恨に充ち満ちていた。アルフォンス家の四人は、とルルは言いたいように見えた、あますところなく互いに分かり合い、屈託のない陽気さにあふれるこの人たちは、腰が定まらない上に陰気で無一文の両親よりも、よほどましなはずだと。

「あの人たち、まったく堪えがたいわね」とロトール夫人は大きな声で言った。

角ばった顎をジミーのほうに突き出すと、なおも言いつのった、

「あの人たちは堪えがたいわよね、信じられないくらいじゃなくて？　ロワール」

おそらく、とブリュラールは考えた、ジミー！　というそれまでの楽しげな呼びかけの代わりに苗字を使われたことに気づいて、それにおそらく、とさらにブリュラールは考えた、彼も自分と同じように感じていることだろうけれど、はじまったばかりのロトール夫妻との関係が犬の一件以来微妙に冷えかけている、というかロトール夫妻があきらかにそれをジミーのせいにしていることに気づいて、なんとか

しなければと思ったのだろう、ジミーは甲高い声で叫んだ。

「そのとおり！　まったく堪えがたいです」

両親のどちらかが娘に近づくことは、問題外になってしまった。これだわ、とブリュラールは納得した、オレンジ色の髪をした幼いルルが、居並ぶテーブルの向こうから、とめどもなく下劣で輝くばかりに明るいアルフォンス一家に守られて、復讐めいたきつい視線を送りながら、無言で、しかしはっきりと非難しているのは、こういうことなのだ。それからこうも思った。両親はあの子を裏切った――どうすれば立ち直れるというのだろう。

食事が終わった時、ブリュラールには、自分がずっと黙っていたという漠とした意識が残るばかりだったが、ロトール夫人は近くの壁にかかっていた新聞掛けのさまざまな新聞のなかからひとつを手に取った。ワインに酔った彼女は、とても朗らかで剽軽なところを見せていた。記事の見出しを読みあげるのに、劇的なニュースの場合は楽しげに、瑣末なニュースの場合は沈痛な口調で、と声音を変えておもしろがった。ブリュラールは聞いていなかったので、自分に関係のある言葉が出てきたことには気づかなかった。しかし、ジミーが、恐れおののくように、自分を凝視しているのが目に入った。

「妙なことを考えるものだね」とロトール氏は言った、「なにもかも手に入れたのに、自殺するなんて。映画界にいれば、なにもかも手に入る。この男だって、なにもかも手にしていた。そうだとも、連中はなんだって手に入るんだ。そうだろう、ロワール」

「さあ、どうでしょう」ゆっくりと言いながら、ジミーはブリュラールを見つめつづけていた。

ブリュラールの頭をよぎった最後の、平静な、ほとんど冷徹な考え、それは、いままでだれひとりとして、これほどの友愛と同情を込めて自分を見つめてくれたことはなかった、ということだった。

見出されたもの
Révélation

この女は息子を連れて自宅からバス停までのかなり長い道のりを歩き通してきたのだったが、それまで雨は一日たりと休むことなく、朝のあいだなり夜中の数時間なりにいったん降り止むこともまったくないままに、この二か月いっぱい降りつづけてきたので、道といってもそれはいまや耕された畑の合間を線状に走るどろどろのぬかるみにすぎなかった。

息子は時おり、もう道と畑と、どっちがどっちか全然わからないね、と言い、すると女は辛抱強く、畑のほうの色は、濃い茶色というか、ほとんど真っ黒で、水が溜まった角のところだけがきらきらしているけれど、道のほうはびしょ濡れになっても色は灰色がかったままだと言って聞かせた。

その答えに非常に満足した様子で、息子はうなずく。ふたりはしばらく黙って歩く、すると息子はまたも、不意に前代未聞の発見をしてしまったというように、……どっちがどっちかわからないね、ほら、と言い、そして女は心のなかで、この子がこれほど無意味なことを何度でも、それも毎回毎回いかにも興味深げに口にできるということに対してまたも苦痛に満ちた驚きをおぼえ、それでも子どもに向かって、優しく、我慢強く、屈託なく答えるのだが、もはや自分の声を聞いてもいない。そして相手が懸命に眉を寄せて、真剣にうなずくと、女には自分がいま言った言葉がわれながらくだらないばかりか、凡庸のあまり謎めいて聞こえるとまで感じられ、子どもと自分のふたりを、同じ話ばかり繰り返すふたり組の老人になぞらえて愚弄したい気持ちが湧き起こって冷笑を浮かべそうになる、けれどもそんなことはしない、微笑さえしない、なぜならこの息子には、もはや皮肉なるものを理解することも感じとることもできないのだと知っているから。そう考えると、心が沈んでいく、だがそこへ息子がもう一度繰り返す……ふしぎだねえ、道と畑が……、そして説明を求めてこちらへ振り向くので、動揺といらだちのために悲しみはしばし遠ざけられ、女は、この子のなかでうまくいっていない、うまくいかなくなってしまったものについて、自分が知っているつもりでいることに見合った声音と表情を丹念に整えていく。

我慢ならない子だ、と彼女は時に思った。こうも思った。頭がおかしいというよりも、馬鹿に見える。痛々しいくらいの馬鹿に。

心が咎めた。息子はたちの悪い子ではない。この子がもっていた残酷な性質は徐々に薄まってきたのだが、それは攻撃的なものを伴った怨恨が母親のなかで日ましに増大してゆくのと対をなしていた。自分の不機嫌と悲嘆とが、まさに息子のうちでそうした感情がしだいに消えてゆくとともに、そのことを糧として成長するのだということが彼女にはわかっていた。

ちがうのだ、ああ、悲しいことに、この息子は悪い子ではない。そしてふたりはこれから揃ってルーアン行きのバスに乗る、なぜならあれほど長いこと降りつづけていた雨がようやく止んだから、けれども、夜、女はひとりでコルヌヴィルへ帰ってくる。

彼女は帰りのバスに乗るだろう、そのとき息子はそばにいないだろう、息子はそのことを知っているかもしれない、知らないかもしれない、それを確かめるには、もう遅すぎた。もしも知っていたらバスに乗るのを急に拒んだかもしれない、そして女は想像した、この息子が、道ばたに立ちつくし、静かに首を振りながら、信じられないというように、穏やかに何度も言うのを。なんてことを考えるの、お母さん、なんてことを。

ふたりは小道を抜けて、いまや畑と幹線道路を隔てる細長い草地にある停留所の標識のところへ着いた。標識は傾き、錆びついている。彼女は読んだ。コルヌヴィル。息子にはまだ読めるだろうか。きつい声で子どもに向かって言い放ちたくなる。ちょっと、なに考えてるのよ。今晩、私といっしょに帰ってこられるとでも思ってるの。いつか帰ってこられるとでも思ってるの。

空に突然強い光が射すと同時にバスがふたりの前に停車した、その出現はまるで、と女は感じた、なんの前ぶれもなく陽光がどっと押し寄せたかのようだった。あたりから光という光が消え去ってずいぶん長いこと経っていたので、女は戸惑った。目をしばたたかせ、顔をしかめた。そばにいる息子は顔を上げると、にっこりと満面の笑みを浮かべた。お母さん、と子どもはつぶやいた。ああ、お母さん、おかしいね。すると、子どもが口を開くたびにそうなるように、正気を失うほどに腹が立った。子どもにこう言い返したくなるのを、どうにかして抑えた。あんたよりもおかしいものが、いったいあるとでも思ってるの。そう言う代わりに、彼女は子どもをバスの扉がちょうど開いたところへ、手加減もせず、疲れきって深いため息を吐き出すように押し込んだ。

この息子はほぼ飼い犬同然に扱われても不満を表したことはなく、女は自分がそれに乗じてたびたびこの子に乱暴に接したり、わけもなく手を挙げたりしていることに気づいていたが、息子がそのようにこまごました侮辱を受けても自分の名誉を傷つけられても、頓着しないのを見ると落胆し、無駄なのに、無駄だとよくわかっているのに、なんとか相手の怒りをほんの一瞬でも呼び醒ましたくて挑発してしまうのだった。

それでも彼女は運転手に向かって声をひそめ、行き二枚、帰り一枚、と告げた。そう、確かに息子が反抗することを自分は望んでいる、と彼女は苦い気持ちで考えた、けれどもこの件に関してだけは、絶対にだめ。

息子が二列に並んだ座席のあいだの狭い通路を進んでいくと、運転手は子どもに目を留めた。女から目を逸らして息子の顔だちを、ついで背中を見つめる運転手の色の薄い小さな目は、突然の驚きと、それから、と彼女はどういうことかわからないながらも見てとった、心のこもった素直な感嘆に満たされた。そして息子が車内の中央あたりへ、長い脚をらくに伸ばせるよう通路側の席に腰掛けると、運転手はバックミラーごしにその子をじっと長いこと見つめながら、ごく濃やかな微笑を湛えた。

運転手は若くはなかった。

女は金を手にもったまま、彼が切符を渡してくれるのを待っていた。彼は目を醒まそうとするように首をぶるぶると振った。やっと彼女のほうへ振り向いた時、そのまなざしには、心を奪い浮き立たせる愉悦のなごりで、うっとりと霧がかかっていた。

それから、バスが畑のなかを、こうして不意に現れるまばゆい光に包まれて走るあいだ、女はほかの乗客たちが、頻繁に息子のほうを振り向いたり、ちらちらと盗み見たりしていることに気づき、それらの視線がどれも好意的で喜びに満ちあふれているたことに気づいたが、息子のほう、彼女をあれほど困らせてきた息子のほうは、なにひとつわかっていなかった。彼女は自分の顔が当惑と不可解に赤く染まるのを感じた。それを隠すために窓の外を眺める。自分はこのバスのなかで、まるで完全に見知らぬ外国にいるようだ、まわりにいる人びとのほんのちょっとしたしぐささえ、自分にはなんのことだかわからない。とはいえ、そこにいるのは自分のよく知る顔かたちばかりだった。ベージュのレインコートを着ている痩せた老婆たち、黒眼鏡の農夫がひとり、高校帰りの若者が数人、そして自分に、自分自身に、どこから見てもそっくりな女がひとり。

いったいどうして、だれもかも、息子から目を離さないのだろう。

その上、この子のぼんやりした締まりのない顔だちにまなざしを注ぐだけで、だれもかもがその顔に照り返されるようにして、いかにも幸福そうな様子を見せるのはなぜなのだろう。

まるでわからなかった。この人たちはみんな、このような息子といっしょには暮らしていけないことを知らないのだ、と彼女は思ったが、いっぽうで、そのことはひと目見てあきらかなはずで、であればこそ、むしろ人はこの子のほうを極力見ないようにするはずなのにと思った。

ぶうんとバスの唸る音と暖かさのせいで、彼女はうとうとしてくる。この移動時間のあいだは、いかなる決定であろうと下されることはない。バスから降りて息子についてふたたび考えはじめ、腹黒い計算をはじめねばならない瞬間のことを思うと、彼女は恐怖に身のすくむような思いがした。

この息子は、と彼女は不意に考えた、ルーアンの大きな朝市で自分が売ろうとしている動物なのだろうか。この子を手放すとなにか利益があるのだったろうか。ちがう、ちがう——疲れ切ったほほえみを浮かべ——この子はただ単に耐えがたいのだ、気が狂いそうになるのだ、そばにいて、同じ家にいて、同じ空気を吸ってはいられないのだ、わけのわからないことに執着し、頭のなかは息の詰まるような堂々めぐりの、この息子だけは。

バスがサン゠ヴァンドリーユで停車すると、女は座席から腰を浮かせて、車内を見渡す大型のバックミラーにちらりと目をやった。予想していたとおりのものが見えた——運転手の顔に水平に穿たれた薄青い両眼が、息子の上に、背もたれの並んだ向こうに映る息子の顔の鏡像の上に注がれている。息子の美しく穏やかな顔だちの――と彼女は考えて驚き、それから疑うような、せせら笑うような気持ちになって心に問うた、この運転手や、車内で悪びれもせず息子の顔を見つめている人びとは、この顔がこれほど美しく、これほど穏やかなのは、自分に向けられた注意を認識する能力がないからなのだということを、どの程度わかっているのだろう、これだけ美しく、これだけ穏やかな顔だからこそ、もう封じこめなければならないのだし、これ以上コルヌヴィルで人目に晒すようなことも、絶えず圧迫するようなその姿によって家の空気を重く澱ませることも、もはや禁じなくてはならないのに。

この女は、もう自分はこれ以上、息子の顔の美しさに耐えられないのだと考え、それから、以前、この息子がまだなんとかなっていたころ、この子の顔はこれほど美しくはなかった、と考えた。息子を見ようとわざわざ振り向く人などいなかったはずだ、これからどこに連れていくのかをこの子に隠さねばならないようなことになる前は。そのころ、この子の顔だちがいまほどきれいである理由はまったくなかった、それは普通のものの考え方が表に現れていたからだ、けれど、と女は憤然と考えた、そんな変化について感謝したりうれしがったりするよう要求されるいわれはない、この顔にあなたも見惚れなさいと言われる筋合いはない。これほど美しく、これほど穏やかでも。

彼女は子どもの耳にささやいた。あなたを置いて、コルヌヴィルに帰るわよ。

「知ってる」と子どもは答えた。

子どもは彼女を励ますように、優しくほほえんだ。そればかりか彼女の腕をぽんと叩いた。そこで彼女が思わず、バスが止まらなければいいのに、と打ち明けると、わかるよ、と息子は完璧にはっきりと言った。自分のほかの息子たちには、まるでわからないだろうと彼女は思い、はやくもこの息子のいないことを寂しく感じた。帰ってくる時は、やっと自分ひとり——どんなにこの子を惜しむだろう。

解説——マリー・ンディアイの世界

笠間直穂子

星座の外で

ある作家について語るとき、その作家が他のどの作家に似ているか、あるいはどの系譜に属しているかといったことから話をはじめるのが早道だが、マリー・ンディアイの場合には、それがとりわけ難しい。

すでに処女作のときから、彼女は自分自身の世界にしっかりと腰を据えていた［…］。彼女は間違いなく、大量に本を読んでいる。おそろしく自由自在な言葉の操り方から見て、それは疑いようがない。しかし、彼女の師となった作家たちがいたとして、それがだれだか言い当てられる者は、よほどの利口者に違いない。それほど彼女は読んだものを消化しつくして、自分自身のものとして使い、自分自身の文学を作りあげているのだ。
(Pierre Lepape, *Le Monde*, 6 septembre 1996)

実際、「書くこと以上に、読むことが好きだと思う」と言うンディアイの愛読書は、一見して幅広い(*La Croix*, 26 janvier 2002)。プルースト、エマニュエル・ボーヴ、フォークナー、ドストエフスキー、ジョイス・キャロル・オーツ、レイモンド・カーヴァー……。ここまで挙げただけでも、すでに相当に意外な顔合わせの感があるうえに、挙がってもいいはずの名前をあえて伏せてインタビュアーを煙に巻いているようなところもある。一筋縄ではいかないところが何にも増してンディアイらしいのだが、ひとまずはこのリストをきっかけに、彼女の作品の独特の魅力につながる要素をいくつか引き出してみることにしよう。

まずひとつ挙げられるのは、フランス文学の風土にあっては珍しいほど、英米、とくにアメリカの近現代小説を読み込んでいることだろう。初めて大きな感銘を受けた小説は十三歳のときに読んだジョイス・キャロル・オーツの『かれら』だったという(*Lire*, avril 2001)。ブルジョワよりは庶民、都市生活者よりは郊外ないし農村に暮らす人々のリアルな生活に密着しながら、人間関係、ことに家族関係をめぐる思いがけない、と同時にどこか必然性を感じさせるドラマを丹念に描くことで、生の不安、ときには狂気に迫っていく。こうしたンディアイの作風に照らしてみると、それぞれ現れ方は大きく異なるとはいえ、オーツとフォークナーとカーヴァーを結ぶ線が見えてくるかもしれない。

またンディアイは同じ記事でフラナリー・オコナーの名も挙げているが、日常のなかに訪れる超越的瞬間を描く際の幻視に似た強烈なイメージ、それに突き抜けたユーモアも含めるならば、ンディアイの小説世界はとりわけオコナーと多くの接点をもっていると言えるだろう。

その一方で、たとえば『かれら』でのオーツの大河小説的な叙述がときに冗長に映るとすれば（それもまた小説の快楽のひとつではあるが）、ンディアイにそうした傾向はまったくない。無駄を省き、言葉を選び抜いて、一分の隙もない、と表現したくなるほど緻密に練り上げられた文章には、どっしりとした濃厚な味わいがある。ここにはヌーヴォー・ロマンを経たフランス小説の伝統が確かに息づいている。物語の内容に即して、統辞法を駆使しつつ緊密で流れるような文のリズムを組み上げていく小説作法は、フローベールからプルーストへと続くものだ。構造への意志、ということでさらに言えば、ンディアイの作品では多くの場合、ふたりの人物が対をなして語りを引っぱっていくのだが、この点、谷昌親氏の刺激に富んだ指摘（『早稲田文学』二〇〇二年七月号）に倣って、サミュエル・ベケットからロベール・パンジェへ、そしてジャン・エシュノーズやンディアイへという、ヌーヴォー・ロマンの「地下水脈」を辿る作家たちの系譜を考えてみることもできる。

小説らしいドラマティックな物語と言語レベルでの探求。いま、かりにアメリカとフランスに両傾向を代表させたが、もちろん、国によって傾向が固定するわけではないことは言うまでもないし、またンディアイがアメリカ派だとかフランス派だとか言いたいのでもない。むしろ、国境による区分けも、文学史上のステイタスによる棲み分けも軽く飛び越えて、「小説」の抱える広大な領域を自在に行き来する姿勢こそが、彼女の創作活動の根底にある。もうひとつだけ例を挙げるなら、ンディアイは愛読作家のリストに、なにげなくルース・レンデルを加えている。探偵小説やフィルム・ノワールを参照した「文学」はもはや珍しくないが、レンデル的なミステリを、あの皮膚感覚に訴えるホラーの要素も含めて、目の詰んだ文体のなかに落とし込んでいくフランス小説は他に例がないと言ってもいいのではないだろうか。

長篇小説『ロージー・カルプ』で二〇〇一年にフェミナ賞を受賞し、ロブ＝グリエ、ル・クレジオ、エシュノーズがこぞって賞賛して、いまやフランス現代文学の最重要作家のひとりとだれもが認めるマリー・ンディアイだが、これまで日本でほとんど紹介されてこなかったのは、従来の「フランス文学」の語り方ではなかなか捉え切れない、こうした一種独特の自由さによるところもあったかもしれない。本書が本邦初訳となるので、以下、伝記的な事柄や、現在までに刊行された諸作品も含め、ンディアイ世界の全体像をやや詳しく見ていくことにしよう。

フィクションの土地へ

マリー・ンディアイは、一九六七年、フランス中部ロワレ県のピティヴィエ（オルレアン近郊）に生まれた。父はセネガル人、母はフランス人。現在は、作家である夫ジャン＝イヴ・サンドレー、そして三人の子どもたちとともに、南西部ボルドー付近の小村に暮らしている。

ンディアイというアフリカ系の名は、もちろん父方の苗字だが、留学生としてパリに来ていた父は、マリーが生まれて間もなく母と別れ、セネガルに帰国した。このためマリーは、父とも父の家族とも関わりをもたないまま、母の実家のあるフランス中部の農村地帯で育った。

「これ以上ないほど伝統的で典型的な」フランス文化のなかで育ったンディアイは、自分をフランス人と感じるしかなかったが、他人との交わりのなかで、その確信はいつも微妙なものを含んでしまう。その揺らぎがものを書くことへの興味と結びついていった事情を、短篇「ある旅」の序文において、彼女自身は次のように述べている。

けれども私はいつも、「どこから来たの？」という質問に答えなければならず、その質問に答えるときにはいつも、詐欺をはたらいているような奇妙な思いにとらわれた。「セネガルから」と答えれば、これは完全な詐欺となるし、「私はフランス人よ、ほかの国とは関係ないわ」と答えれば、他人の目には、半分詐欺と映るらしかった。

　いまとなってみれば、どこにいても異国人でいるというこの気持ちが、文学にまつわる私の思い入れ、つまり、私が文学というものにいつも変わらず抱いてきた愛、そして、やはりずっと昔から抱いてきた書くことへの欲求を支えていたように思う。書くこと《エクリチュール》という土地に属するために必要なのは、書く行為そのもの、それだけであって、名前や肌の色は問われないのだから。同様に、読むこと《レクチュール》の領分に入っていくには、読むことを愛するという、そのことしか要求されないのだから。（*Un voyage*, CRL, 1997）

　名前や肌の色に関わらない、一種のユートピアとしての文学世界。ただしそれは、自身の生い立ちを文学によって隠すという意味ではない。ンディアイが選んだのはむしろ、自分の出生にまつわる事柄を、だれもが根源的に抱えるテーマとして、作品のなかに解き放つということだった。

　名前や家族や肌の色を自分で決めるわけではないのは、だれでも同じだ。次から次へと思いがけない出来事が押し寄せてくる、いつまでも醒めない夢のような彼女の世界へ分け入っていく読み手の目の前に浮上するのは、意志によるコントロールが届かないところでいつの間にか巻き込まれている自分という存在であり、他人との関係である。同時にそれは、なによりも、まったく予測もつかない出来事が目くるめく展開する、驚きに満ちた幸福な読書体験を読み手にもたらしてくれる。

言語から身体へ

幼いころから、読むこと、書くことに心を傾けていたマリー・ンディアイは、十七歳のときに処女小説『豊かな将来ということについて』(*Quant au riche avenir*, Minuit, 1985)を刊行した。すぐに言い添えておかなければならないのだが、十代の小説家が珍しくなくなった日本とは違って、フランスで高校生が作家デビューするのはきわめて異例の事態である。これには、文芸誌の公募で短篇・中篇を発表するようなシステムがほとんどなく、一般的には持ち込まれた書き下ろし長篇を原稿審査委員が査読して出版を決めるという事情がある。

しかもンディアイの場合、出版元は、サミュエル・ベケットを発掘し、ヌーヴォー・ロマンを牽引して、現在も少数精鋭の方針を貫いていることでつとに知られる狭き門、故ジェローム・ランドン率いるミニュイだった(こうしたフランスの、またとりわけミニュイ社の出版事情は、前掲『早稲田文学』のヌーヴォー・ロマン特集からもうかがい知ることができる。とくに同社の看板作家のひとりであるエシュノーズがランドンの死に際して書き上げた『ジェローム・ランドン』の江中直紀氏による抄訳、および昼間賢氏の論文が参考になるだろう）。

ランドンに認められた混血少女作家という要素を備えていたこともあって、ンディアイのデビューは読書界の話題をさらった。処女作は、両親をなくして叔母とふたりで暮らしながら、離れた土地に住む恋人の手紙を待ちわびる少年の心の揺れを、恋人、叔母、学友たちと章を区切って、きめ細やかに描き出すもので、人と人との具体的な交わり、その距離の微妙さに注目している点において、その後のンディアイ作品に通底するテーマがすでにはっきりと現れた作品と言える。日常的な身ぶりや言葉の癖などを、繊細かつリアルにとらえる独特の視線と、それを読み手に正確に伝える高度な文章技巧。一見して、もはや完成域にあるように思えてしまう早熟の天才の今後を、むしろ心配する向きもあっただろう。

しかし、桁外れの技術は、彼女にとって、作家としてのスタート地点を示すものにすぎなかった。二年のち、ンディアイは『古典喜劇』（*Comédie classique*, P.O.L, 1987）を完成させる。パリに住む青年の体験する一日の出来事を、冒頭から結末まで、たった一文で書いた長篇小説。プルースト、そしてとりわけクロード・シモンを想起させる試みだが、それにしても原書で九七ページにわたってひと続きの文が延々と綴られていく『古典喜劇』は、世界文学史上でも特異な例だろう。だが、形式的冒険が過ぎると判断したか、ミニュイは出版を却下し、作品はＰＯＬ社から刊行された（余談ながら、このケースは、一般に「アヴァンギャルド」の代表格とされるミニュイ社が保つ、ある種の「古典的良識」の範囲、そして、より間口が広いだけに、やや玉石混淆の趣きもありつつ文学界の注目を喚起してやまないＰＯＬ社との境界線のありかを考えるうえでも興味深い）。

とはいえ、『古典喜劇』が難解な作品というわけではないことは是非とも言っておきたい。パリの街を駆けめぐる主人公の妄想と現実が入り乱れる展開は、一貫してスピーディーかつユーモラス。読む方が息切れしそうな頃合いを見計らって戯曲めいた会話文を文章の途中に挿入するタイミングなど、じつに見事と言うほかはない。高度な文章技術は読み手の邪魔をするのではなく、むしろ読む側のリズムとスピードにぴったり添って繰り出されていくのだ。

それでも、デビュー二作目にして、ある意味で読解可能性の極限に挑戦してしまった『古典喜劇』の評判は芳しくなかった。ベテラン前衛作家の一世一代の奇作のようなものを、二十歳で書いてしまった者に、なにが残されているのか。形式的探求を推し進めることも考えられただろうが、ンディアイはそうはしなかった。逆に彼女は、技術を見せようとする欲求を振り払おうとするようになる。

意図して文法的に凝った構造を試みていることがやや目立つところのあった文章は、このあと一作ごとに、ゆったりとたゆたう濃厚な油のような滑らかさを増して、読みやすくなっていく。と同時に、匂い、肌触り、ふとしたしぐさ、といった身体感覚にまつわる描写がしだいに比重を増す。

外界の描写にしても、ンディアイは、目の前にある風景のあらましを最初から読み手に呈示するのではなく、見ている登場人物の目に留まるぼんやりとした細部を徐々に重ねていって、かなりの時間が経ってから全体の輪郭が読み手の前に姿を現す、といった描き方をする。それは、ある場所に足を踏み入れた人間がその目に受ける光の強度を描くことと似ている。皓々と照らされた明るい部屋から完全な暗闇まで、それがどこだかまだわからないうちに、人はすでにその場所に入ってしまっている。目が慣れるのはその先のことだ。個人の生のありようを身体そのもののレベルにおいて描き出すことへ向かって、ンディアイの文体は作品ごとに研ぎ澄まされていく。

奇想の世界

『古典喜劇』を拒否されたミニュイに、ンディアイは次の『薪になった女』（*La femme changée en bûche*, 1989）でふたたび受け入れられる。以来今日まで、彼女の作品は主として同社から出版されている（以下、特記のないかぎり、版元はミニュイ）。

『薪になった女』は、悪魔との契約を主要モチーフとする小説だが、このあとの『水入らず』（*En famille*, 1991）、『秋模様』（*Un temps de saison*, 1994）、『魔女』（*La sorcière*, 1996）、短篇「ある旅」（前掲）、それから『難破した女』（*La naufragée*, Flohic, 1999）も、それぞれなんらかのかたちで、神話、伝説、昔話といったものにつながる要素を採り入れている。たとえば『水入らず』では、主人公の誕生祝いに呼ばれなかった叔母が呪いをかけることが問題になるが、これは明らかに「眠りの森の美女」を踏まえているし、『秋模様』は、別荘のある田舎を八月中に去らなくてはならないという禁忌を、それと知らずに犯したパリジャンがさまよう物語で、これが多くの文化に共通する昔話のプロットを踏襲していることは言うまでもない。左ページにターナーの絵画のカラー図版、右ページに文章を配した『難破した女』は、セーヌ川に迷い込んだ人魚の物語である。

変身のテーマも頻繁に現れる。『薪になった女』では、表題どおり、主人公がなぜか薪になって流れていき、『魔女』では、魔女の娘たちが鳥になったり、父がカタツムリにされたりする。『水入らず』の主人公は、小説の半ばで犬に喰い殺されるが、ある儀式を経て、後半にも登場し、小説冒頭と似たようなルートで、もう一度、旅を始める。この場合は、なにになったのかはわからないが、いったん死んでいる以上、普通の「人」でないことだけは確かだろう。また「ある旅」は、幻想の中国を舞台とする作品で、フランスから旅行してきた主人公が現地の女性と姿かたちを交換し、そのまま高官の数ある妻のひとりとして永久に留まる。

いったいなにが起こっているのか、これからなにが起こるのか、まったく予期できないまま、読者はこうして人が動物になったり、突然死んでまた生き返ったりする現場に立ち会ってしまう。神話的・伝説的に展開する物語——自然界の法則を超えて、奇想天外な出来事が悪夢のごとく自動的に押し寄せ、知らぬ間に主人公を巻き込み振り回していく、そのような物語のあり方。そこに、ある種スラップスティック・コメディに似たユーモアが、ときには残酷さをともなって織り込まれていく。その意味で、ンディアイの、とくにこの時期の作品は、ゴーゴリの「鼻」やブルガーコフの『巨匠とマルガリータ』といったロシア小説に通じる部分があるし、あるいはドイツ・ロマン派の系譜、たとえばシャミッソーの『影をなくした男』やホフマンの幻想小説などに近い趣をもっているとも言える。日本の作家で言えば、ドイツ文学者でもあった内田百閒を経て川上弘美に至る線を想起することができるだろう（國分俊宏氏も同様の視点からンディアイを川上弘美と結びつけたうえで、川上作品の軽やかさとはむしろ逆の「重厚で濃密」な筆致に注意をうながしている。『ふらんす』二〇〇五年九月号）。

　悪魔や魔女といった形象や「眠りの森の美女」からの着想からも明らかなように、このような物語のあり方は、童話の世界と交錯する。実際、ンディアイは近年、児童小説の作者としても魅力的な活動を展開している。ひとりの女がわが子を探して夜更けに家々を訪ね歩く『女あくまとその子ども』（*La diablesse et son enfant*, l'école des loisirs, 2000）。病気の姉とその弟の夢のような交流を描いた『プリュネルの天国』（*Les paradis de Prunelle*, Albin Michel, 2003）。クリスマスの日、子のない夫婦の家に突然娘が現れる『ねがい』（*Le souhait*, l'école des loisirs, 2005)。

　やさしい言葉で短くまとめられた子ども向けの作品には、不可思議な出来事を、リアルで鮮やかなイメージによって読み手の目の前に繰り広げていくンディアイの技倆が遺憾なく発揮されている。短いとはいえ作りはきわめて精緻で、読み手の予想を次々と裏切っていく点は大人向けの小説と変わらない。たとえば『ねがい』では、どこからともなく現れた娘に対する夫婦の反応が主題になるのかと思いきや、視点は途中から娘の方に移り、その娘が目にするのは、彼女を愛しすぎるあまりか、なんと心臓に変身してしまった夫婦の姿。そこで描かれるのはむしろ、過度の愛情で自分を縛る（義理の）両親＝ふたつの心臓に対する子どもの側の反応なのだ。

　なお、神話的な物語との関連で言えば、フランスを代表する作家たちに新訳を依頼して話題を呼んだバイヤール版『聖書』（*La Bible*, nouvelle traduction, Bayard, 2001）にはンディアイも参加しており、「ルツ記」を担当している（この聖書企画については『早稲田文学』二〇〇三年三月号に採録された講演でエシュノーズおよびフロランス・ドゥレが語っているので、興味のある方は参照されたい）。

現代の光景

悪魔が跳梁し、人がものになる世界。しかし、ありえない出来事が次々と起きる物語の展開する舞台はと言えば、土地の名が書かれていてもいなくても、たいていは現代のフランスと見ていい。それも、絵のようなフランスを目指して訪れる観光客ならばおそらく目にすることのない寂れた農村や都市郊外の風景を、そこに暮らす人の視点で、ンディアイは細部に注目しながら丁寧な手つきで描き出していく。外からの目が届かない、住民だけの閉じた空間という意味では、あえて比較するなら、フォークナーやオコナーのアメリカ南部にあたる、フランスの奥地とでも言ってみることができるだろうか。ただしそこに郷愁の入り込む余地はない。

たとえば『水入らず』の主人公が訪れる村は、情緒あふれる昔ながらの田舎ではない。村の中心には教会があるが、付近の商店は郊外型スーパーに客を取られて店をたたみ、人気はなく、村を突っ切る車道には大型トラックが激しく行き交う。『秋模様』も小村が舞台だが、石造りの旧市街と対照的に、ウルトラモダンの巨大な市庁舎が強烈な印象を残す。『魔女』の主人公は、霊力の弱い魔女であると同時に、離婚間近の妻であり、周囲の土地から孤立してのっぺりと広がる分譲住宅地に暮らし、馴れ馴れしい隣人の襲来に悩まされている。

花のパリでもなければ、懐かしい田舎でもない、あまりにリアルなフランスの景色。だが、私たちはンディアイの描くこれらの景色に、なにやら見覚えがあるのではないだろうか。「昔ながらの」家々と自然に隣り合う、真新しい風景——自治体予算を注ぎ込んだ大型施設、国際企業のチェーン店舗、同型の家が建ち並ぶ集合住宅。フランスの、というより、これはグローバルな現代世界の光景でもある。ンディアイはその無秩序を隠すでもなく、とりたてて強調するでもなく、ただ人々にとってすでにそこにある土地として差し出すのだ。

たとえばその土地に住む子どもが着るのは、兄姉の服の丹念な仕立て直しではなく、『魔女』のスティーヴのように、流行の型の、しかしどこかぺらぺらしたスポーツウェアで、よく見ると、上着にもズボンにも脈絡のない英語がちりばめられている。曰く「LITTLE BEAR - BEST TEAM - HEADING FOR NY」……。世界の至るところに、この子どもは現れうる。

もちろん、そうしたグローバルな傾向の、とくにフランス的な現れ方というものもある。フランスの都市郊外に広がる乾いた風景を、暗い幻のように読み手の目の前に浮かび上がらせることにかけて、ンディアイは他の現代作家の追随を許さない。なかでも繰り返し現れるのが、一九七〇年前後に各主要都市の郊外に建設され、主として低所得層に提供された公営団地、いわゆるシテである。二〇〇五年にフランス各地で起きた「暴動」についてはは日本のメディアでも大きく取り上げられたが、その現場は主として、多くの移民系住人を抱え、高い失業率に悩むシテだった。空っぽで、同時になにか息づまるようなシテの空間は、『魔女』、また後述する『ヒルダ』『パパも食べなきゃ』といった戯曲、そしてなにより本書所収の「クロード・フランソワの死」に詳細に描き出されている。この風景を、郊外という場に顕在化するフランス社会の現況と重ね合わせて読むこともできる（シテの沿革に興味をもつ読者には、〇六年初頭に刊行された『現代思想』臨時増刊「フランス暴動」、とくにコリン・コバヤシ氏の論考が優れた案内役となるだろう）。

ユーモラスで、同時に酷薄なンディアイのまなざしは、こうして現代の日常の、具体的な手触りのなかに、神話的な位相を滑らかに溶き合わせることを通じて、説明のつかないものとしてただそこにある世界、主体的な選択を超えて、気がつけば関わり合っている隣人や家族や社会のありかを指し示すのだ。

日常の悪夢

一九九九年、ンディアイは初の戯曲作品『ヒルダ』（*Hilda*, 1999）を刊行する。これ以降、小説と平行して、『プロヴィダンス』（*Providence*, Comp'Act, 2001）、『パパも食べなきゃ』（*Papa doit manger*, 2003）、『蛇たち』（*Les serpents*, 2004）、『人でなし』（*Rien d'humain*, Les Solitaires Intempestifs, 2004）と、コンスタントに戯曲を発表している。

ンディアイの戯曲にはト書きがほぼ皆無で、彼女自身、書くときには実際の演出や舞台上の制約については考えないと語っている。つまり、小説ではきめ細かく描写される土地や建物、調度、人物の服装や表情や身ぶりなどが、基本的にいっさい沈黙に付され、代わりに、登場人物同士の台詞のやりとりだけでフィクションの場が作りあげられていく。人と人との関係に対する関心がンディアイ文学の核心を成すとすれば、戯曲は、そうした関係を、ほとんど関係のみを、きわめて純度の高い状態で抽出していくことを可能にする。やはり小説と平行して戯曲に取り組んだヌーヴォー・ロマン周辺の作家たち——ベケット、パンジェ、ナタリー・サロート——のことが思い出されるところだろう。

このころからンディアイは以前にも増して、人間存在のリアリティをそのまま読み手に伝えようとする姿勢を深めていく。それまで彼女の作品に頻繁に登場していた悪魔や魔女などの神話的・伝説的なキャラクターが、『ヒルダ』以降、しだいに表立って現れなくなってくるところに、その変化は明らかに見て取れる。

小説においても、事情は変わらない。フェミナ賞受賞作『ロージー・カルプ』(*Rosie Carpe*, 2001)、初の短篇集である本書『みんな友だち』(*Tous mes amis*, 2004)、さらに『緑の自画像』(*Autoportrait en vert*, Mercure de France, 2005)、短篇「母と息子」(«Mère et fils», *Le Monde* 2, 13 août 2005)。このすべてにおいて、架空の形象が以前のように登場することはない。

だが、魑魅魍魎が影をひそめたことによって、読み手の受ける衝撃が以前より弱まったかというと、むしろ逆だ。登場人物の意志でコントロールできない出来事が、悪夢のように押し寄せてくる。その眩暈にも似た強烈な感覚が、一貫してンディアイ作品の重要な特徴を成しているのだが、それでも、異界の要素を明らかに含んでいる限り、読み手は「ありえないこと」として、それらの出来事から一応の距離を保つことができる。魔女が私をカタツムリに変えるようなことは、まず起こらないのだから。

これに対し、『ロージー・カルプ』の主人公ロージーの身に怒濤のごとく降りかかる出来事の数々は、自分自身にとってはどうしようもなくコントロール不可能であるとともに、現実に起こらないともかぎらない。たとえば彼女はある時、身に覚えがないのに妊娠していることに気づく。身に覚えはないが、しばらく前、彼女をだました男の結婚披露宴の席で泥酔したあげく、数時間、意識をなくしていたような気はする。名乗り出る男などいない。

神話のモードで語るなら、処女懐胎と名づければ済む。そう名づけることができれば、これは祝福さるべき奇蹟となるだろう。しかしそうでなければ、これは女性に起こりうるもっとも残酷な、どうしようもない状況のひとつに違いない。自分にはわかりようのない出来事が、それでも現実に起こってしまうという、その奈落だけが目の前に広がる。

たとえば本書収録の「ブリュラールの一日」で主人公が目にするみずからの分身のように、超自然的と解しうる現象が描かれる場合であっても、それが本当にそうなのか、それとも主人公の狂気による幻覚なのかはわからないまま、読み手はその出現を受け止めるしかない。このあたりについては、河野多恵子が「最後の時」や「片冷え」などの短篇で、不可思議な現象にあえて説明を加えず、表現を切り詰めていくことによって、現象そのもの（どこかからやってきた死の宣告、性的ななにかと関係があるらしい半身の冷え）の不気味な肌触りを読者に伝える際の手つきを思い起こすこともできるだろう。

こうしてンディアイは、神話的・幻想的な形象を現実のなかへ織り込んでいく時期を経て、しだいに、天啓とも悪夢とも見分けがたい出来事が降りかかってくる瞬間を、幻視の感触はそのままに、よりリアリズムに近いレベルで捉えていくようになる。それにしたがって、男と女、親と子、富める者と貧しい者といった、これまでに彼女が扱ってきた対象と重なるかたちで、ンディアイ自身の個人史に深く関わってきた日常的な権力関係が、テーマとして新たに浮上してきた。肌の色にまつわる事柄である。

「フランス」の内と外

ンディアイがデビューした時期は、ちょうどフランスで私小説ふうの文学スタイルが流行しはじめた時期と一致している。作家自身の身近な体験を綴っていくオートフィクションは、その後、一大潮流と言っていいほどに発展して、現在に至る。しかしンディアイは、みずからの出生にまつわる事情を直接書くことから作家活動をはじめなかったし、その後も長いあいだ、アフリカ系あるいは「混血」の外見をもつ人物を作品に登場させることはなかった。といっても、代わりに「フランス人らしい」人物が出てきていたわけではない。登場人物の髪の毛や肌の色は、ほとんどの場合において指定されないまま、読者の想像にゆだねられていたのだ。
「黒人」とはっきり名指される主要人物が最初に現れるのは『ロージー・カルプ』。災難続きのフランスを逃れて、カリブ海沖のグアドループ（小アンティル諸島、フランス海外県）に降り立った主人公ロージーを迎える寡黙な男ラグランである。そして、戯曲『パパも食べなきゃ』に至って、ンディアイは初めてアフリカ系の人物を主人公に据える。そして「黒人」と「白人」との関係、また両者のあいだに立つ「混血」の子どもたちの存在を直接のテーマとして描いていく。

最初にも触れたことだが、彼女が『パパも食べなきゃ』に至るまでこのテーマを取り上げてこなかったのは、出自を隠蔽していたからではない。もしそうしたかったのであれば、そもそも、目にした瞬間にアフリカ系とわかるンディアイという本名とは違う筆名を使うこともできたし、顔写真を公表しないこともできただろう。彼女の選択はむしろ、恋愛関係であれ、家族関係であれ、知らないうちに巻き込まれているという人間関係のありようを、（「私」だけでなく）だれもが体験するものとして捉えようとする、作家としての意志の現れによるものであることは間違いない。

実際、『パパも食べなきゃ』において、ンディアイがみずからの経験を活かしつつも、それを突き放すようにして、さまざまな人物の視点からこのテーマに迫っていく繊細かつ苛烈な手つきには、だれしも驚嘆せざるをえない。この作品は、身勝手で嘘つきなダメ男なのに、ひたすら「白人」である元妻に愛され続ける「黒人」のパパという、それ自体、この「問題」にまつわるクリシェを崩壊させてしまうような、ひとつの恋愛関係をめぐって展開する。ママを捨てて何年も行方をくらませたあげく突然現れて金の無心に及ぶパパを前に、心を閉じる子どもたち。ママの現在のパートナーとしてパパへの怒りを覚えつつも、あくまでポリティカリー・コレクトにふるまう気の弱い文学教師。パパの横暴に「黒人らしさ」を確かめ、子どもたちの肌がわりあいに白くて助かったわねなどと言いながら、同時にパパに性的魅力を感じているママの独身の姉たち。残酷さと、辛辣な諷刺と、ユーモアを織り交ぜつつ、パパという存在が引き寄せる愛と恨みの様態を、ンディアイは多面的に描き出す。

この戯曲は、アンドレ・アンジェルの演出により、二〇〇三年にコメディー・フランセーズのリシュリュー館で上演された。三百年の歴史をもつ同劇場は古典派の牙城として名高く、ことにリシュリュー館での上演には劇場独自の審査委員会の承認を経て戯曲が定期上演目録《レパートリー》入りすることが必要となる。二〇〇一年にマルセル・ボゾネが総支配人に就任して以来、積極的なプログラム改革が推し進められ、『パパも食べなきゃ』の上演もその流れの一端を成すのだが、それにしても、現代社会のリアリティを生々しく写し込んだこの戯曲が選ばれたことは、フランス演劇史上の大事件と言って間違いない。

ンディアイは、コメディー・フランセーズの歴史上、生前に戯曲がレパートリー入りした初の女性作家となったばかりか、パパを演じたマリ出身のバカリ・サンガレは、初の黒人俳優としてこの劇場の舞台に上がった。気高い威厳と、とぼけた味わいを、絶妙のバランスで醸し出すサンガレはパパ役にふさわしく、翌年、同劇場におけるロバート・ウィルソン演出のラ・フォンテーヌ『寓話』でも、印象的なライオン役を演じている。

近年のンディアイは、アフリカ系に留まらず、フランスにおける文化的他者のモチーフを取り上げている。本書『みんな友だち』の表題作に登場する権威主義的な語り手とマグレブ（北アフリカ）系移民の男との関係にも注目したい。

自伝という問い

『パパも食べなきゃ』を含む一連の戯曲、また『ロージー・カルプ』や本書『みんな友だち』を通じて、現実世界そのもののダーク・サイドを、作家自身の出自とも関わるかたちで掬い上げるようになってきたンディアイだが、二〇〇五年に刊行された『緑の自画像』で彼女はさらに一歩、自分自身に接するところまで踏み込んできた。というのも、この作品で彼女は初めて、作家自身によく似た人物に一人称で語らせるという形式を採り入れたのだ。私小説＝オートフィクションのスタイルである。

『緑の自画像』は、さまざまな書き手に自伝的な物語を依頼するという、作家コレット・フェルー主宰のシリーズ「描線と肖像《ポートレート》」の一巻で、ンディアイのほかロジェ・グルニエやル・クレジオといった作家陣に加え、画家のピエール・アレシンスキー、ファッション・デザイナーのクリスチャン・ラクロワも参加している。みずからの姿《オートポートレート》を描くというテーマは、したがって、この企画自体の趣旨に沿ったものだ。

　さて、この作品はオートフィクションなのだろうか。「私」はンディアイ自身と同じく作家であり、ジャン＝イヴという名の夫をもち、ガロンヌ川のほとりに住み、アフリカにいる父に会いに行く。だが一方、作家自身の子どもは三人なのが、作品内では四人、「二〇〇三年」時点で五人目を出産、となっている。そのなかで長女の名前だけが出てくるが、その名も現実とは違うという。語り手は「私」の名前を明かさない代わりに、長女のほうを、作家自身と同じく「マリー」と呼ぶのだ。

　このように、物語世界は微妙に現実とずれた場所に位置づけられているのだが、作家自身のそうした伝記的事実を知らない読者でも、読み進むにつれ、「私」の語るこの物語が、書き手の日常体験を「赤裸々に」綴ったものではないらしいという気持ちを抱きはじめる。「私」の目の前でいきなり飛び降り自殺を図るカティアをはじめ、あちこちに出現して「私」を脅かす女たちは、なぜかみな緑色の服に身を包んでいる。友人ジェニーの元恋人イヴァンの妻は、首を吊って埋葬されたのち、イヴァンと再婚したジェニーの前に何度も姿を現す。「母」は、とつぜん若返って再婚し「私」の子どもたちと同じ年頃の「義妹」を産んだかと思えば、一年後には離婚している。「父」は「私」の高校時代の親友と結婚して——したがって同い年の親友は「義母」になってしまった――、ブルキナ・ファソで落ちぶれたあげく、食事を拒否して衰えていく。

以前の作品と共通するモチーフも多いし、すべて本当とはいかにも考えにくい。けれども問題は、作家が別の場所で明かさないかぎり、これを読んでいる者にとって、「絶対に嘘だ」という確信を心の底から得る術は絶対にない、ということだ。これが通常のフィクションであれば、「本当か嘘か」を気にする必要は読者にはない。しかし、現実の作家マリー・ンディアイとよく似た「私」が、身近に起きた出来事について、また自分の家族について語る形式だからこそ、ありえないけれど、もしかしたら……という、足もとがぐらつくような感覚に襲われながら、読者は物語のなかを歩んでいくことになる。郷原佳以氏が述べるように、これはいわば「自伝的な幻想小説」なのだ（『図書新聞』二〇〇五年一二月二四日号）。フィリップ・ルジュンヌの言う「自伝契約」を逆手に取ったようなこの作品は、ンディアイ文学が基調としてきた幻視的なリアリティ表現の新たな探求の成果であるとともに、オートフィクションというジャンルそのものに対する、ひとつの問いかけにもなっている。

なお「描線と肖像」シリーズの他の巻と同じく、この作品にも挿画が含まれる。ンディアイが選んだのは、若手写真家ジュリー・ガンザンの作品と、一九世紀末から二〇世紀初頭ごろのものかと思われる家族写真の組み合わせ。作家自身の姿とは異なる金髪女性の後ろ姿や、だれのものとも明かされない昔の家族の肖像が、現実と微妙にずれた位置に展開される物語とあいまって、不思議な感興をもたらす。写真もまた、現実の証左でありながら、それを別の場所へとずらしていくなにものかであることに間違いはない。

『みんな友だち』について

ンディアイにとって初の、そしていまのところ唯一の短篇集である本書『みんな友だち』（Marie NDiaye, *Tous mes amis*, Minuit, 2004）には、五つの短篇が収録されている。それぞれ、とうもろこし畑の広がる農村地帯、パリとパリ郊外の公営団地《シテ》、それなりの規模をもつらしい地方都市、スイス国境付近とおぼしき山と湖に囲まれた保養地、そしてノルマンディーの小村からルーアンへ向かう車道を舞台としており、フランス各地の日常的な風景をぐるりと一周するような味わいがある。

なんの変哲もないそうした風景のなかで、現実が夢幻に転じ、親と子、幼なじみ同士、教師と学生といった、これもきわめて日常的な関係が、思わぬ様相を見せていく。以下、それぞれの作品に簡単に触れておこう。

■少年たち

本書において、もっとも衝撃的な作品と言っていいだろう。ムール家に出入りするルネの目を通して、子を売るという異常事態が、きわめて日常的な舞台装置のなかで淡々と進んでいく。売られた先で豪奢な生活を送りながら非現実的な美しさを増していくデジタル写真のなかのアントニーと、醜く取り柄のない自分の身体を持てあますルネ。その対比が、食物を口に入れることにつねに抵抗を感じながらも食べざるをえないルネの、パソコンモニター上にしか存在しないアントニーに対する強い憧れとして描かれる。

家族関係の根源にあるものを、具体的な金銭のやり取りを通じて浮上させるという方法は、『パパも食べなきゃ』などの戯曲作品にも繰り返し現れる。ラストの処理には、言わずにおくことで読み手の想像力に強烈に働きかけるというンディアイの得意とする書法が充分に活かされている。

■クロード・フランソワの死

パリ市内の医院、ついで郊外のシテを舞台とした、幼なじみの女性ふたりの再会。少女時代の思い出に忠実なヴァドールの現在に触れることで、自分の出生を封じて生きてきたらしい、医師ザカの過去が否応なく回帰してくる。その記憶の中心を成すのが、かつて幼いふたりに大きなショックを与えたアイドル歌手クロード・フランソワの急逝である。

この歌手について少し説明しておこう。一九三九年に生まれ、六〇年代から七〇年代にかけて庶民派トップアイドルの座に君臨しつづけたクロード・フランソワは、国際的にはポール・アンカによる英語版「マイ・ウェイ」の原曲である「コム・ダビチュード（いつものように）」が有名だが、本領はむしろ「ベル、ベル、ベル」から「アレクサンドリー、アレクサンドリア」に至るアップテンポのダンサブルな楽曲のほうにある。ラメ入り衣装にキャッチーな振りつけで歌い踊る姿は女性ファンの熱烈な支持を受け、七〇年代のアイドル文化を象徴するスターとなった。みずからレコード会社やアイドル雑誌を経営して自己イメージを完全にコントロールし、極度に神経質な性格でも知られたうえ、七八年に感電事故で世を去ったクロード・フランソワは、徹底してキッチュであるとともに、ある種の非人間性をたたえた、いわば「全身アイドル」として完成してしまった存在と言えるだろう。このため、しばしばパロディの対象となる一方、一部では熱狂的な崇拝の対象でもあり続けている。興味を抱かれた方は、彼のきらびやかなステージ姿や、どこまでもポップなヒット曲の数々に触れていただくと、本作のマルレーヌ・ヴァドールが示す偏執狂的なファン心理の不気味さが、いっそう伝わってくるのではないかと思う。

■みんな友だち

本短篇集のうち唯一、「私」という一人称で進行していくこの表題作は、教師と生徒、雇い主と使用人、高校時代の同級生同士の恋愛関係といった複数の人間関係が複雑に絡み合いながら展開する。元教え子であり家政婦であるセヴリーヌをはじめとする周囲の人間に対して権威主義的にふるまう、狂気を秘めた語り手。妄想と現実の区別がつかない居心地の悪さを保ちながら、物語は思わぬ方向へと暴走し、緊張感を高めていく。語り手の固執する「わが家」を中心に繰り広げられるドラマの向こうに、語られることのない彼の過去、そしてやはり語られることのない未来が見え隠れする。

師弟関係、雇用関係に加え、マグレブ系移民に対する語り手の優越感や、豪邸をもつ社会的成功者に対する劣等感など、現代の日常生活に偏在する権力関係が凝縮されたかたちで現れている。

この作品の特異な点としてもうひとつ挙げられるのは、時間にまつわる感覚である。本書の他の短篇がクラシックな物語の動詞時制である過去形（単純過去と半過去）を基調とするのに対し、本作では冒頭から未来形が用いられ、その後は現在形と未来形が交互に現れる。内容そのものに加え、それがいま起きていること、これから起こることとして語られていくことでいっそう緊迫した空気が醸し出されるのだが、未来形で書かれた部分、つまり「私」がこれから起きるかもしれないと思っているだけと読める部分が、しだいに現在展開している物語のなかに取り込まれていくかのような構造になっている。こうした言語的な操作によって、時空間がゆがむような不安定な感覚がもたらされるのだ。フィクションと語りに対する問いかけがぎっしり詰まった、読み込むほどに味わいの深まる一篇と言えるだろう（なお本篇は原書では冒頭に置かれているが、本訳書では「少年たち」と順序を入れ替えている)。

■ブリュラールの一日

落ち目にあるらしい女優エヴ・ブリュラールにとっての、おそらく人生でもっとも長い一日が、山間の観光地を舞台に展開する。若く美しかった過去の自分の幻、自分を責め立てるように思える亡き母の影、突然現れる夫、連絡のない愛人、謎の脅迫電話。一つひとつの出来事を、どこか他人事のように受け止めながら、ブリュラールは自分の試みた生涯最大の賭が失敗に終わる予感を深めていく。

疲弊しきって現実と幻影との境もはっきりと見分けがつかない状態のまま、自分の身に起きる出来事を夢のなかにいるように引き受けてしまう女主人公の身体と時間の表現は、『ロージー・カルプ』などの長篇小説に通じる。同時に、夫ジミーの軟弱な身のこなし、裕福なロトール夫妻のもったいぶった台詞など、細部のユーモアが光る。

なお「女もののウォーキングシューズ」と訳した trotteur は、やや珍しい語で、字義通りには「小股でせかせか歩く人」という意味にもなる。作中で「カトリック信者のおばさんが履く靴」という印象をブリュラールは抱くが、そういうタイプの人物が自動人形のように忙しく歩く足どりをイメージしてみると、この語に込められた意味合いがよりはっきりしてくる。冒頭で自分の行く先を決めかねて右足と左足が反対方向を向いてしまうブリュラールは、後半で靴を犬にはぎ取られ、代わりに窮屈な赤いブーツを履かされたうえ、ロトール夫人に「いらっしゃい」と言われるや「機械的に［…］小走りで駆けていった（trottina machinalement）」。靴にひきずられるように歩を進めるブリュラールの姿は、アンデルセンの「赤い靴」を思い出させる。

■見出されたもの

精神疾患を抱える息子とその母を描いた、掌篇と呼んでいいほどの短い作品。闇夜を照らして走るバスを舞台に、条理を超えた不思議な希望をたたえるこの一篇で、短篇集は締めくくられる。

ンディアイは本書刊行の二年前にまとめてフラナリー・オコナーを読んでおり、とくに「少年たち」や本作には短篇の名手オコナーの反響が聞き取れるように思う。単に影響を受けたというよりも、耐えがたいほど酷薄な物語の彼方にユーモアと恩寵がほのかに浮かび上がるという根本的な性質において、両者の作品世界は共通している。内容は異なるがオコナーにも「啓示」（"Revelation"）と題した短篇があり、また「すべて上昇するものは一点に集まる」は、本作と逆に子どもの側の視点から描かれているとはいえ、やはりバスの車内で親子の確執がひそかに緊張の度合いを高めていく物語だった。

本書の五つの短篇には、ンディアイが一九八五年のデビュー以来、長篇小説や戯曲を通じて築いてきた彼女独特の世界が凝縮されている。一作ごとに円熟の度を深める彼女の、緻密でありながら無駄のない筆づかい。声、匂い、肌触り、そして、「五官」の範疇からはすり抜けてしまうけれども、私たちの体に確かに訪れる感覚。たとえば、言えないことを抱えているときの、自分の体が硬い殻に覆われて空気が届かない感じ（「クロード・フランソワの死」）。疲れきって動けなくなったときの、だれかに力いっぱい揺さぶられ続けているような、それでいて周りの人の声だけは時おり、いやにクリアに耳もとに響いてくるような、あの感じ（「エヴ・ブリュラールの一日」）。それらは「内面の感情」というよりは、個人と、その個人を取り巻く環境とが接する微細な地点に、立ちのぼってくるものだ。

この世界にいるかぎり、私たちはいやおうなく他人と交わっていく。それは親や兄弟や子ども、また友人や恋人や仕事相手でもあって、その関係は、多くの場合、というより、つねに、自分の意志（だけ）ではどうにもならない。だが、どうにもならないということは、じつはそれほど悪いことではない。すべてが思いどおりにいくなら、それは他人が――つまり、他人にとっての他人である自分も――いないのと、同じことになるだろう。

一見して止まるところを知らぬかのように災厄が押し寄せる本書の世界は、ものごとが思いどおりにいかないことの僥倖を語っているのではないだろうか。だれでも旧知の間柄だと主張してやまない人物を描いた物語を表題作とするこの本のタイトルは、アイロニーを超えて、じつは朗らかな生の肯定を指し示しているのかもしれない。

おわりに

マリー・ンディアイの創作生活を彩るエピソードのいくつかを最後に紹介しておこう。

手紙を待つ少年を描いた処女作を発表してまもなく、彼女はひとりの見知らぬ読者から手紙を受け取った。差出人は、十歳年上のジャン゠イヴ・サンドレー。ふたりは結婚する。バルザックとハンスカ夫人、あるいはザッヘル・マゾッホと「毛皮のヴィーナス」をうっすらと想起させるエピソードだが（なおサンドレーがみずからも作家となるのはンディアイと出会った後のこと）、十七歳のデビュー以来、ンディアイの実人生が、作家としての人生と分かちがたく結びついていることを象徴する出来事と言えるだろう。

ンディアイはデビュー当時から現在に至るまで、作家活動にまつわる収入のみで生活している。早くから一部で高い評価を受けていたとはいえ、『ロージー・カルプ』でフェミナ賞を受賞するなどして一般に名が知られるようになるまでの十余年を考えると、これは相当の覚悟が要る決断である。生活の手段として、彼女は活動初期には若手作家を対象とした助成金制度を利用した（一時、滞在費つきの奨学金を得てローマとベルリンに住んだ）。また、執筆依頼があれば進んで応じる姿勢を取ってきた。名門ミニュイと並んで、「大作家」の著作リストにはあまり見かけないような地方の小出版社からの刊行作品が多いのはそのためもあるだろう。

夫サンドレーの著書（*Conférence alimentaire*, l'Arbre vengeur, 2003）に付したまえがきで、ンディアイは「注文によって書かれたテクストの特異な点は、作者がそれらのテクストに感謝の念を抱くということだ」と述べている。そして、必ずしも自分の意志によらず、報酬と引き換えに書き出されたそのようなテクストが、完成してみれば「それが生まれた状況と関わりなく、みずからの存在理由をもちはじめる」とする。この考え方はまさに、知らずに巻き込まれている出来事を、ときに限りなく悪夢に似てはいても、必ずしもネガティヴではないものとして描くという、彼女の作品すべてに現れる傾向と深く通じ合っている。むろん同時に、この発言は、テクストに限らず、生まれたものすべてについての真実でもあるだろう。

現代フランスを代表する作家として広く認められるに至った現在も、ンディアイはつねにメディアから距離を置いて、静かな暮らしを送っている。めったにパリに出ることはなく、取材を受けることも少ない。といっても、いわゆる人嫌いの気難しい作家というのではない。ただ自作について饒舌に語るようなタイプではまったくないのだ。あるインタビュアーは言う。「マリー・ンディアイは、もの柔らかで、言葉少ない。相手の目をじっと見ながら話す、まるで言葉よりも顔のほうが大切だとでも言うように」（*Le Nouvel Observateur*, 20 février 2003）。饒舌さの対極にある、強く、静かな視線の力。彼女の人となりが、そして同時に、その作品のたたずまいが、よく現れている。

ンディアイが現在の家に移るまえ、北部ノルマンディー地方のコルメイユに住んでいたころ、ある日とうとうテレビの取材班が自宅にやってきた。ところが、撮影が終わり、クルーがパリにもどって映像を確認しようとしたところ、どういうわけか、なにも映っていなかったという。これもまた、彼女の作品に出てきそうな話で、まさか、と思いつつ、しかしそういうこともあるかもしれない……と、なぜか納得してしまう。『魔女』の作者でもあるンディアイその人こそ、ジャン＝バプティスト・アランの名づけるとおり「私たちの最愛の魔女」と呼ぶにふさわしい（*Libération*, 12 février 2004）。

マリー・ンディアイの世界がこれからどこへ向かっていくのか、それは彼女の作品に現れる不意の出来事と同じく、予測できない。予測できないことが起こるだろう、という、その確信だけを抱きつつ、扉が開くのを待つように、彼女の次の本を待つことにしよう。

*

訳出および解説の執筆にあたっては多くの友人たちに助けられた。ありがとう。

インスクリプトの丸山哲郎氏と出会い、訳者にとってはじめての単行本をともに作る稀有な幸運に恵まれた。それ以上の言葉が見つからない。記して感謝します。

【著者】

マリー・ンディアイ（Marie NDiaye）

1967年、フランス中部オルレアン近郊で、セネガル人の父とフランス人の母の間に生まれる。1985年17歳で第一作 *Quant au riche avenir*（『豊かな将来ということについて』）をミニュイ社から刊行。以降、長篇小説、短篇小説、戯曲、児童小説などを発表し、フランス現代文学の最重要作家の一人と目されている。2001年、*Rosie Carpe*（『ロージー・カルプ』）でフェミナ賞を受賞。

作品

Quant au riche avenir, 1985（『豊かな将来ということについて』）
Comédie classique, 1987（『古典喜劇』）
La femme changée en bûche, 1989（『薪になった女』）
En famille, 1991（『水入らず』）
Un temps de saison, 1994（『秋模様』）
La sorcière, 1996（『魔女』）
Hilda, 1999（『ヒルダ』、戯曲）
Rosie Carpe, 2001（『ロージー・カルプ』）
Papa doit manger, 2003（『パパも食べなきゃ』、戯曲）
Les serpents, 2004（『蛇たち』、戯曲）
Tous mes amis, 2004（『みんな友だち』、本書）
Autoportrait en vert, 2005（『緑の自画像』）他。

【訳者】

笠間直穂子（Kasama, Naoko）

1972年生まれ。上智大学卒、東京大学大学院博士課程単位取得退学。現在、上智大学等非常勤講師。専門はフランス文学、地域文化研究。ミハイル・セバスティアン『事故』の翻訳が待機中（インスクリプト、近刊）。

みんな友だち

マリー・ンディアイ

訳　笠間直穂子

2006年5月22日初版第1刷発行

発行者　丸山哲郎
装　幀　間村俊一
写　真　港　千尋

発行所　株式会社インスクリプト

〒101-0051 東京都千代田区神田神保町1-18-1-201
tel 03-5217-4686　fax 03-5217-4715
info@inscript.co.jp
http://www.inscript.co.jp/

印刷・製本　株式会社厚徳社

ISBN4-900997-13-7
Printed in Japan